आदिवासी : शौर्य एवं विद्रोह

[पूर्वोत्तर खंड]

आदिवासी : शौर्य एवं विद्रोह

[पूर्वोत्तर खंड]

सम्पादक

रमणिका गुप्ता

ISBN : 978-81-8361-554-9

आदिवासी : शौर्य एवं विद्रोह

पहला संस्करण : 2012
चौथा संस्करण : 2022

मूल्य : ₹495

प्रकाशक
राधाकृष्ण प्रकाशन प्राइवेट लिमिटेड
जी-17, जगतपुरी, दिल्ली-110 051

शाखाएँ : अशोक राजपथ, साइंस कॉलेज के सामने, पटना-800 006
पहली मंजिल, दरबारी बिल्डिंग, महात्मा गांधी मार्ग, प्रयागराज-211 001
36 ए, शेक्सपियर सरणी, कोलकाता-700 017

वेबसाइट : www.radhakrishnaprakashan.com
ई-मेल : info@radhakrishnaprakashan.com

मुद्रक
बी.के. ऑफसेट
नवीन शाहदरा, दिल्ली-110 032

AADIVASI : SHAURYA EVAM VIDROH
Edited by Ramanika Gupta

इतिहास के पन्ने सिरजती पूर्वोत्तर की कलम

लोक साहित्य में इतिहास, शौर्य एवं विद्रोह

पूर्वोत्तर के साहित्यकारों ने अपने लोकगीतों, लोककथाओं से और शोधकर्ताओं ने गांव-गांव जाकर बड़े-बूढ़ों से अपना इतिहास जुटाना शुरू कर दिया। उनकी शौर्य-गाथाएँ जो भारतीय इतिहास व साहित्य में स्थान नहीं पा सकीं लोक साहित्य में सदैव मौजूद रहीं। आज उन पर पूर्वोत्तर की समकालीन क़लम भी चल रही है। ये गाथाएँ, नाटक, लिजिन्द्री, कहानी व गीतों के रूप में प्रस्तुत हो रही हैं तो इतिहास के पृष्ठों को भी सिरज रही हैं। इसलिए सर्वप्रथम हमें पूर्वोत्तर के इतिहास में जाना जरूरी है, जिससे यह पता चलता है कि वे अंग्रेज़ों, जुल्मी राजाओं या किसी भी अन्याय के ख़िलाफ़ लड़े। उनका पूरा लोक-साहित्य उन शौर्यगाथाओं व बेलैड्स (Ballads) से भरा पड़ा है। तिरोत सिं, नङबाह, पा तागेम संगमा, वीरांगना रानी रूपलियानी जैसे दर्जनों वीर शहीद हुए हैं। 1857 के तथाकथित स्वतंत्रता युद्ध के बहुत पहले सन् 1773 में ही, यानी 85 वर्ष पहले ही पूर्वोत्तरवासियों ने अंग्रेज़ों के ख़िलाफ़ वर्तमान असम और मेघालय में युद्ध शुरू कर दिया था। दरअसल यह राजनैतिक स्वतंत्रता के लिए अंग्रेज़ों के खिलाफ़ बग़ावत की शुरुआत थी। मेघालय के गारो-जैन्तिया लोग अंग्रेज़ों से तीन शताब्दियों तक लोहा लेते रहे।

अंग्रेज़ों से सबसे पहला युद्ध 1774 में शुरू हुआ जब मेजर हैनिकर ने जैन्तिया पर हमला किया। 1826 तक ऐसे ही चलता रहा। जब 1824 में बर्मा ने कछार पर हमला किया तब अंग्रेजों को जैन्तिया राज का महत्त्व समझ में आया। अंग्रेजों ने बर्मा की सेना के ख़िलाफ़ राजा से अपनी सेना की टुकड़ी भेजने की मांग की, पर राजा ऐसा कोई

समझौता नहीं करना चाहते थे जिससे उनकी आज़ादी को ख़तरा पहुंचे। उन्होंने अंग्रेज़ों की मदद में अपनी सेना की टुकड़ी नहीं भेजी। इधर 1822 में ब्रिटिश प्रशासक डेविड स्कॉट ने संगठित रूप से जैन्तिया-गारो क्षेत्र पर हमले करने शुरू कर दिए थे, जिन्हें जनता ने नाकाम कर दिया था। 1826 से ही मेघालय के गारो जैन्तिया सरदारों ने अंग्रेजों को देश से बाहर निकालने की योजना बना ली थी। इसके लिए राजा तिरोत सिं ने चन्द्रकांत का समर्थन भी प्राप्त कर लिया था, जो ख़ुद को अहोम वंश के असम राज्य का दावेदार कहता था और अंग्रेजों का कट्टर शत्रु था। दरअसल ब्रिटिश प्रशासक डेविड स्कॉट सिलहेट से असम तक जैन्तिया क्षेत्र से होकर निकलने वाले रूट की सड़क बनाना चाहते थे, लेकिन चेरापूंजी और मिलिएम के सरदारों ने इसकी इजाज़त नहीं दी। उलटे राजा तिरोत सिं ने तो अपने क्षेत्र से होकर उनके जाने पर भी रोक लगा दी। इतना ही नहीं उन्होंने असम राज्य के कतिपय क्षेत्रों पर अपना दावा भी ठोक दिया। सारा क्षेत्र विद्रोह के लिए विचलित होकर कुलबुलाने लगा।

इसी बीच नौंगख्लाओ की घटना घट गई। हुआ यह कि जैसे ही ब्रिटिश प्रशासक डेविड स्कॉट ने नौंगख्लाओ छोड़ा, उसके अगले ही दिन यानी 5 मई 1829 को विद्रोहियों ने अंग्रेज़ सैनिकों की टुकड़ी पर धावा बोल दिया, जिसमें अंग्रेज अफसरों समेत बड़ी संख्या में अंग्रेज़ सैनिक भी मारे गये। अंग्रेज़ इसे नरसंहार की संज्ञा देते हैं। यह युद्ध तिरोत सिं के नेतृत्व में तीन वर्ष यानी 1831 तक चला। इस युद्ध से अंग्रेज़ इतना आजिज़ आ चुके थे कि हताश होकर वे इसे मनहूस युद्ध कहने लगे थे। अंततः बहुत से बहादुर योद्धाओं के शहीद होने और लंबी लड़ाई के बाद 9 जनवरी 1833 में यह युद्ध समाप्त हुआ। तिरोत सिं को अंग्रेज़ों ने नज़रबंद कर दिया।

1860 में अंग्रेज़ों ने जैन्तिया हिल्स में पुनः कर लगाने की घोषणा कर दी, जिससे वहां की सारी जनता भड़क उठी। दरअसल खासी-गारो परम्परा में राज्य या राजा द्वारा कर लगाने की कोई व्यवस्था ही नहीं थी–यहां तक कि जनता द्वारा चुना हुआ सी.एम., जो एक राजा की हैसियत रखता था–को भी प्रजा पर टैक्स, लेवी या कर लगाने का अधिकार नहीं था। वह हाट बाजार से उपहार के रूप में मिले सामानों से अपनी गुज़र करता था और प्रशासकीय

गतिविधियाँ चलाता था। ऐसे हालात में अंग्रजों द्वारा टैक्स की घोषणा ने विद्रोह की दबी चिंगारी को हवा देने का काम किया और मेघालय धू-धू कर जल उठा। अभी टैक्स का हंगामा मच ही रहा था कि तभी अंग्रेज़ों ने वर्तमान मेघालय के सुमेर वंश के जोबाय क्षेत्र में शवदाह के लिए मृतकों को श्मशानघाट ले जाने पर रोक लगा दी। यहां तक कि खासी-जैन्तिया लोगों को सांस्कृतिक कार्यक्रमों में हथियार लेकर जाना भी मना कर दिया। विद्रोह का तात्कालिक कारण बनी एक घटना, जब अंग्रेज़ अफ़सरों द्वारा थालोंग नामक स्थान पर 'काशाद पास्तिएह' उत्सव में सांस्कृतिक कार्यक्रम के लिए एकत्रित लोगों से, उनके हथियार छीनकर उनकी आँखों के सामने ही उसे आग की भेंट चढ़ा दिया गया। फिर क्या था? बस मेघालय में एक तूफ़ान उठ खड़ा हुआ। यही तूफ़ान विद्रोह बन गया। कई अंग्रेज़ों को मार गिराया गया। यह युद्ध नङबाह के नेतृत्व में कई वर्षों तक चला। नङबाह जो एक मामूली हैसियत का युवक था लेकिन था संकल्प का पक्का--जो तिरोत सिं के युद्ध में भी भाग ले चुका था। उसने अभूतपूर्व ढंग से इस विद्रोह को संचालित किया। अंत में उसे धोखे से बीमार अवस्था में ही पकड़वा कर मंगवाया गया और फांसी पर चढ़ा दिया गया।

दिसंबर 1872 में पा तोगन संगमा भी राग रांगेरी युद्ध में लड़ते-लड़ते शहीद हो चुके थे। लगभग 100 वर्ष चले इस स्वतंत्रता युद्ध में पूर्वोत्तर का एक बड़ा भाग लहूलुहान हो गया था। पता नहीं किस पूर्वाग्रह के चलते हमारे इतिहासकारों की कलम ने उनके खून के एक कतरे को भी अपनी क़लम से दर्ज नहीं करने लायक नहीं समझा। अंग्रेज़ों के रिकॉर्ड में पूर्वोत्तर के रण-बांकुरों की कहानी एक बहादुर दुश्मन के रूप में, अनगाई शहादतों व लम्बे अर्से तक चली बगावतों के रूप में दर्ज होती रही और दर्ज होती रही लोकगीतों व लोक कथाओं में, जनमानस में। यह दर्ज न होने का दर्द भी आज रचनाकार के मन को मथता है।

मिज़ोरम में रानी रूपलियानी ने भी अंग्रेज़ों को अपने क्षेत्र में न घुसने देने की कसम खाई थी। अंग्रेजों द्वारा मिजोजनों को जबरन बेगारी कराने ले जाना, उसे कबूल न था। रानी ने विद्रोह कर दिया। उसे गिरफ़्तार कर लिया गया। चारों ओर से अंग्रेजों की शासन प्रणाली

व ईसाइयत के कठमुल्लेपन को चुनौतियाँ मिलने लगीं। इस प्रकार पूर्वोत्तर के आदिवासी ईसाई धर्म अपनाने के बावजूद अपनी संस्कृति, अपने कबीले और मातृसत्ता तक की परम्पराएँ और रीति-रिवाज़ बरकरार रखने में सफल हुए। उन्होंने अपनी पहचान और भाषा की लड़ाई भारत के बाक़ी आदिवासी क्षेत्रों–ख़ासकर झारखंड और महाराष्ट्र व मध्यप्रदेश के साथ ही साथ शुरू कर दी थी–भले उनका दूसरे क्षेत्र के आदिवासी विद्रोहियों से तालमेल नहीं हो पाया था। अंग्रेजों के विरुद्ध पूर्वोत्तर की सभी जनजातियों के सभी संघर्ष अपनी भाषा, संस्कृति, भौगोलिक सीमाएँ और राजनैतिक सत्ता सुरक्षित रखने हेतु हुए। गहराई में जाने पर यह पता चलता है कि पूर्वोत्तर में लगभग सभी स्थानों पर अंग्रेज़ों को अपने देश, राज्य या क्षेत्र से हटाने के जुनून ने युद्ध का रूप ले लिया था। कई वीर योद्धा इन युद्धों में शहीद हुए।

ये सारी कथाएँ लोक साहित्य की विभिन्न विधाओं–लोककथाओं, लोकगीतों, लिजिन्द्रियों व बैलेड्स आदि में तो मिलती ही हैं, समकालीन लेखन में भी इन पर नाटक रचे गए हैं।

पहचान का संघर्ष

हालांकि हिन्दू शासकों ने पूर्वोत्तर पर महाभारत काल से चढ़ाइयाँ करनी शुरू कर दी थीं पर इन्होंने उनकी अधीनता स्वीकार न कर इनके अश्वमेध घोड़े को ही नहीं बाँध लिया था बल्कि चित्राङ्गदा-पुत्र बर्बरीक ने तो अर्जुन को भी बाँध कर अपनी माता चित्राङ्गदा के दरबार में पेश कर दिया था। भले त्रिपुरा के 'बोरोक', मणिपुर के 'मैतेई' या असम के 'अहोम' वंशी राजा लोग हिन्दू धर्म के प्रभाव में आ गए थे और वे आर्यों के मित्र बनने के एवज़ में हिन्दू धर्म में क्षत्रिय का रुतबा पा गए थे, इसके बावजूद जनता ने अपनी मूल पहचान और संस्कृति क़ायम रखी। फलतः इनका साहित्यिक सृजन व इतिहास इनके लोकगीतों, लोककथाओं, बैलेड्स यहां तक कि मिथकों व शिल्प में भी मौजूद है। बोड़ो भाषा की 'देवधाय' नामक लिपि के अवशेष तो आज भी असम में दीमापुर के शाही द्वार और अन्य ऐतिहासिक धरोहरों के पत्थरों पर उत्कीर्ण लिपियों से प्राप्त किए जा सकते हैं। अहोम वंश भी इसी लिपि में अपना राजकीय कार्य चलाता था। तम्रेश्वरी मंदिर के पत्थरों पर

उत्कीर्ण लिपि में बोड़ो प्रार्थनाएँ उकेरी हुई हैं। हालांकि आज तक लोग उस लिपि को पढ़ नहीं पाए हैं। समकालीन साहित्य का सृजन भी इन्होंने काफी पहले शुरू कर दिया था चूंकि इन्हें लिपि मिल गई थी। यह अलग बात है कि भारत की बाकी हिन्दू या अन्य धर्मी आबादी अपनी कूपमण्डूकता के कारण खुद को श्रेष्ठ समझ कर, इन्हें अनदेखा करती रही और इन्हें जंगली या असभ्य कह कर अपमानित करती रही। यह भी एक अटूट सत्य है कि इन जंगली कहलाने वाले लोगों ने ही गौतम बुद्ध के बाद बने भारत की समतावादी, भाईचारावादी और मुक्तवादी संस्कृति को और प्रकृति एवं पर्यावरण को कायम रखा उन्होंने ईमानदारी से अपने आदिम मूल्यों व जनतांत्रिक प्रणाली को भी जिन्दा रखा; जबकि भारत के बाक़ी हिस्सों में इन्हें बर्बाद करने की होड़ लगी थी।

ये भारत की मुख्य-भूमि के लोग ही थे, जो वहां योजना बना कर व्यापार करने सच कहें तो वे योजनाबद्ध ढंग से पूर्वोत्तर के संसाधन लूटने ही आते रहते थे। दरअसल मणिपुर, त्रिपुरा और असम, बंगाल की संस्कृति से अधिक प्रभावित था। दरअसल असम पहले बंगाल का ही हिस्सा था। मणिपुर के राजा हिन्दु बन गए थे। त्रिपुरा में बंगाल के लोग भारी मात्रा में जा बसे थे। ऐसे पूर्वोत्तर में कतिपय सांस्कृतिक विकृतियां–वहां व्याप्त अंधविश्वासों के कारण पहले से ही मौजूद थीं। लेकिन पूर्वोत्तर में भी इतर भारतीयों (बंगलादेश समेत) व हिन्दू संस्कृति की घुसपैठ के कारण, वर्चस्वादी और दादागिरी का रुझान अपनी तमाम विद्रूपताओं के साथ विकसित होने लग गया था। मैदानी लोग येन-केन प्रकारेण पूर्वोत्तर में घुसपैठ कर रहे थे। किन्तु इन सबके बावजूद अस्मिता, भाषा और संस्कृति के नाम पर एक वृहद संघर्ष नागा, मिज़ोरम, अरुणाचल प्रदेश, मेघालय–यहां तक कि अहोम वंश के राजवंश के प्रभाव में सनातन धर्मी हिन्दू संस्कृति अपनाने वाले असम राज्य में भी– अंग्रेज़ों के ज़माने से ही शुरू हो गया था।

इसलिए यह कहना कि पूर्वोत्तर का विद्रोही नेतृत्व ईसाईयों के प्रभाव में अंग्रेज़ों की मदद करना चाहता था–अतार्किक व अनुचित है। वे तो अपनी अलग पहचान चाहते थे। वे अपनी संस्कृति व व्यवस्था क़ायम रखना चाहते थे–भारतीय संस्कृति की ग़ैरबराबरी की सामाजिक व्यवस्था उन्हें मंज़ूर नहीं थी। सत्य तो यह है कि भारत की तथाकथित

मुख्यधारा के शासक व व्यापारी, यहां तक कि भारत की शेष जनता भी इन्हें पहचानने से इनकार करती रही है। आज भी भारतीय जन इन्हें नहीं पहचानते। मुलाकात होने पर वे इन्हें चीनी, बर्मी, तिब्बती कह कर सम्बोधित करते हैं। इसलिए भी लगभग पूरा पूर्वोत्तर अपनी पहचान और अपने उद्‌भव व जड़ों की खोज के लिए विचलित रहता है।

''मैं कौन हूं, भारतीय मुझे पहचानते तक नहीं, वे मुझे अपनाते भी नहीं, मेरी शक्ल-सूरत उनसे तनिक भी नहीं मिलती, वे मुझे चीनी कहते हैं, तो मुझ पर राज क्यों करते हैं?'' उनके मन में ये प्रश्न उठने लगे हैं–और उनके मन-मस्तिष्क को मथने लगे हैं।

'मेरा इतिहास क्या है?' इसकी खोज होनी शुरू हुई।

'हमें जंगली क्यों कहा जाता है?' वे इसका जवाब मांगने लगे हैं।

इस पुस्तक में हमने अलग-अलग भाषा व राज्यों के वीर नायकों व नायिकाओं की कथाओं के अतिरिक्त पूर्वोत्तर के भिन्न राज्यों में हुए विद्रोहों, प्रतिरोधात्मक आन्दोलनों पर शोध-परक गाथाएँ व सामग्री प्रस्तुत की है। ये सभी गाथाएँ–लिजिन्द्रियां, लोककथाएँ या लोकगीत व टिप्पणियाँ पूर्वोत्तर के ही लेखकों द्वारा लिखी गई हैं। हमने इनका चयन कर हिन्दी में अनूदित कर प्रस्तुत किया है। इनके चयन और सम्पादन में काफी समय लगा। चूंकि अनूदित सामग्री की भाषा को परिष्कृत भी करना पड़ा हमने हिन्दी में कुछ गाथाएँ पूर्वोत्तर में उपलब्ध भिन्न ग्रन्थों व दस्तावेजों में दर्ज टिप्पणियों के आधार पर तैयार करके भी प्रस्तुत की गई हैं।

एक ही नायक पर भिन्न-भिन्न लेखकों ने अपने-अपने क्षेत्र में उपलब्ध सामग्री (लोकगीत, किवदंतियों, लोककथाएँ, ऐतिहासिक दस्तावेज आदि) से लेकर अपने-अपने दृष्टिकोण से प्रस्तुत की हैं। हमने सभी को सम्मानित करने का प्रयास किया है ताकि पूर्वोत्तर में घटित इस इतिहास को–गहराई तक समझा और जाना जा सके और शेष भारत उनसे अपना दर्द का रिश्ता जोड़ कर संवाद कायम करे। हर लेखक ने विद्रोह को या नायक के शौर्य को अपनी नज़र से देखा और लिखा है। इस प्रकार उस नायक के कई पक्ष हमारे सामने प्रस्तुत हो गए हैं, जिन्हें उसी रूप में प्रस्तुत करना हमने जरूरी समझा, ताकि शोध अधूरा न रह जाए।

अनुक्रम

I. पूर्वोत्तर : विद्रोह का इतिहास

II. शौर्य

III. लिजिन्द्रियां

IV. गीतों में वीर

I. पूर्वोत्तर : विद्रोह का इतिहास

खासी विद्रोह की पहल

प्रस्तुति : रमणिका गुप्ता

खासियों को सदैव से ही अपनी आज़ादी बहुत प्यारी रही है। यह एक इंकलाबी, स्वाभिमानी और जनतन्त्रप्रिय आदिवासी समूह है, जो अपने देश की सीमाओं तथा अपनी परंपराओं एवं संस्कृति के प्रति अत्यन्त ही संवेदनशील है। स्वर्ग से उतरे इस आदिवासी समूह के भीतर विद्रोह की ज्वाला कूट-कूट कर भरी है, जिसने उनकी धरती में कई अतुलनीय वीर नायक पैदा किए। तिरोत सिं उनमें से एक थे। इनके नेतृत्व में अंग्रेजों के खिलाफ इस धरती के अनेकों वीर सरदारों और राजाओं ने एक लम्बी लड़ाई लड़ी थी, जिससे इतिहास और भारत दोनों अनजान हैं। हम उसी छिपे इतिहास की परतें आज खोलने का प्रयास कर रहे हैं। इसलिए आइए ज़रा धरती के इस स्वर्ग कहलाने वाले मेघालय की खूबसूरत हरी-भरी वादियों में छिपी आग की इन लाल-लाल चिंगारियों और खून से सनी पहाड़ियों की खोज में हम अतीत में चलें।

1765 में ही ईस्ट इंडिया कंपनी द्वारा बंगाल की दीवानी लिए जाने के बाद जब अंग्रेज सिलहट जिला के मालिक बन गए, तभी उनका खासी लोगों से संपर्क शुरू हुआ होगा। उन दिनों सिलहट बंगाल सूबे का हिस्सा था, जिसकी सीमाओं के साथ जैन्तिया राज्य की सीमाएँ जुड़ीं थीं।

अंग्रेजों के साथ जैन्तिया राजा का सबसे पहला युद्ध 1774 में हुआ जब मेजर हैनिकर ने जैन्तिया पर हमला कर दिया था। हालांकि सरकारी दस्तावेजों में इस हमले के कारण दर्ज नहीं हैं। 1821 तक ऐसे ही चलता रहा। 1824 में बर्मा द्वारा कछार पर हमला करने के बाद अंग्रेजों को जैन्तिया राज्य का महत्त्व तब समझ में आया, जब अंग्रेजों को यह सूचना मिली कि वर्मा की फौजें जैन्तिया राज्य के क्षेत्र से होकर असम पर हमला करेंगी, जिससे सिलहट की सुरक्षा भी खतरे में पड़ जायेगी। जैन्तिया राजा अंग्रेजों से ऐसा कोई समझौता करने को तैयार नहीं थे, जिससे उनकी अपनी आज़ादी पर कोई खतरा हो। हालांकि 1824 में बर्मी लोगों ने जब कछार पर आक्रमण किया

तब अंग्रेजों ने जैन्तिया के राजा से बर्मी सेनाओं को रास्ता देने के लिए मना किया, पर सत्य यह है कि मौखिक रूप से तय होने के बावजूद भी जैन्तिया राजा ने अंग्रजों के इस अनुरोध पर कोई खास ध्यान नहीं दिया था।

10 मार्च, 1824 को ईस्ट इंडिया कंपनी के गवर्नर जनरल के प्रतिनिधि डेविड स्कॉट और जैन्तिया के जय-जयंतपुर राजा राम सिं के बीच एक समझौता हुआ, जिसमें जैन्तिया क्षेत्र को अंग्रेजों की सुरक्षा में रखने की बात तय हुई। यह भी मान लिया गया था कि राजा सीधे किसी भी बाहरी शक्ति से पत्राचार नहीं करेगा। इसके बदले भविष्य में असम राजा और ब्रिटिश कंपनी के बीच होने वाले युद्ध में जैन्तिया राजा अंग्रेजों का समर्थन करेगा और असम विजय के बाद ब्रिटिश कम्पनी जैन्तिया राजा को असम का कुछ हिस्सा दे देगी। इस समझौते के बाद स्कॉट ने ब्रिटिश सेना के लिए खाईरिम और सुलंग के खासी सरदारों के सहयोग से उनके क्षेत्र से आने-जाने का रास्ता ले लिया था, जिससे वह सीधे जैन्तिया हिल की चौकी पर पहुंच गया था। वहां पहुंचने पर जैन्तिया राजा ने उसका स्वागत किया। इस कामयाबी को हासिल करने के बाद स्कॉट ने महसूस किया कि खासी सीमा क्षेत्रों में सूरमाघाटी को असमघाटी से जोड़ने के लिए एक सड़क का निर्माण होना आवश्यक है। इस प्रकार 1827 में नौंगख्लाओ होते हुए चेरापूंजी तक की रोड मंजूर हो गई और वह 1829 तक बन भी गई। ये सड़क ब्रिग्स ट्रेस (Brigg's Trace) के नाम से जानी जाती है। हालांकि कालान्तर में अंग्रेजों को इस रोड को छोड़ देना पड़ा चूंकि खासियों के साथ खूनी संघर्ष का कारण यही सड़क हो गई थी और बाद में इस सड़क के विरोध ने ही राष्ट्रीय-विद्रोह का रूप ले लिया था।

दरअसल बर्मा की फौजें जब जैन्तिया राज की तरफ मार्च कर गईं, तब अंग्रेजों ने खासी पहाड़ियों के रणनीतिक महत्त्व को पहचाना। उस समय खासी पहाड़ियाँ अनेक छोटी-छोटी रियासतों में बंटी हुई थीं और हरेक रियासत अपने-अपने सिएमों और लिंग्दोहों द्वारा शासित थी, जिनका चुनाव मातृसत्तात्मक व्यवस्था के तहत परम्परागत तरीके से किया जाता था। (बरुआ–1970) ज्यादा महत्त्वपूर्ण सरदार, भारत के बाकी राजाओं की तरह राजा ही कहलाते थे। जैन्तिया के राजा को उसके राज के रणनीतिक महत्त्व और अपनी अकूत संपत्ति के कारण एक अत्यन्त महत्त्वपूर्ण स्थान प्राप्त था। सदियों से ये लोग राज करते आ रहे थे और इन्होंने अपनी पुरानी परंपराओं को जीवित रखा था।

इनका राज मैदानी क्षेत्र में सूरमाघाटी से असमघाटी तक फैला हुआ था। सिलहट से कछार तक के बार्डर के सटे-सटे 450 वर्गमील तक राजा जैन्तिया के सीमाने की यह जमीन उनके पहाड़ी प्रदेश की जमीन के अतिरिक्त थी। ये

सुरमाघाटी से नोगोंग के पास स्थित क्लांग नदी तक फैली थी। **(एचीसन–1909)**

खासी सरदारों और सिएमों ने 1794 में अहोमसत्ता के पराभव के बाद इस उत्तरी सीमा की पहाड़ियों के इलाके में कब्जा कर लिया था, जिसके लिए वे अहोम राजा को थोड़ा बहुत कर दे दिया करते थे। इस प्रकार वे कामरूप के मैदानी इलाके में भी काबिज हो गए थे और दोआर कहलाने लगे थे।

जैन्तिया राजा के बाद खाईरिम का राजा महत्त्वपूर्ण माना जाता था। उसके पास जैन्तिया के पश्चिम से लेकर पंडुआ गांव तक का प्रदेश था जो असम में सिलहट जिला के सिमाने के पास स्थित था। चेरापूंजी का सीएम डुवान सिं था, और उसका सीमा क्षेत्र अत्यन्त ही खूबसूरत क्षेत्र माना जाता था। इस क्षेत्र की लंबाई दो दिन में और चौड़ाई एक दिन में पैदल पार की जा सकती थी। खाईरिम (Khyram) के पास पहले मिलिएम राज्य भी था। बाद में सिएम के पद को लेकर झगड़ा हो गया था। जब ये एक राज्य था तो खासी इसे काहिमा शिलांग (Kahima Shillong) कहते थे। नौंग्स्तन (Nongstine) का सरदार ऊ मूटे सिं (U Mute Singh) था, जो अंग्रेजों के साथ हुए समझौते से पहले ही मर चुका था। उसके पुत्र ऊ डॉन सिं (U Done Singh) को राजबहादुर का खिताब देकर अंग्रेजों ने उससे एग्रिमेंट पर हस्ताक्षर करा लिए थे।

एचीसन के अनुसार उन दिनों 22 छोटे-छोटे राज्य थे। 1832 में टी.सी. रॉबर्टसन नाम का गवर्नर जनरल था। खासियों के राजनैतिक संगठन पर उसने टिप्पणी करते हुए लिखा है कि–''खासियों की सामाजिक व्यवस्था और सरकारी व्यवस्था जो उन दिनों प्रचलित थी, की कोई सर्वोच्च सत्ता नहीं थी। ये छोटे-छोटे गणराज्यों का एक समूह था, जिसकी कोई सर्वोच्च साझा इकाई नहीं थी, इसके बावजूद वे अपने समूह के कायदों और नियमों से कुछ हद तक बंधे हुए थे।'' **(पेम्बरटन-1835)**

इसे गोर्डन (Gourdan) ने खासी राज्य लिमिटेड मोनार्की भी कहा है। दरअसल सिएम जो राज्य का प्रधान था, उसके पास बहुत ही सीमित शक्ति थी। सभा जिसे दरबार कहते हैं की अध्यक्षता करने के लिए सीएम जिम्मेदार था, जिसमें राजनीतिक फैसले लिए जाते थे। इसे गोर्डन के अनुसार गांव या गांवों के समूहों का स्वैच्छिक संगठन भी कहा जा सकता है। लोगों की राय के बगैर सीएम अपने मन से कुछ भी नहीं कर सकता था। सीएम का पद परिवार तक ही सीमित होता था। सीएम का दरबार जूरी की तरह था और स्वयं सीएम जज की तरह। दोनों एक साथ मिलकर काम करते थे। सीएम कोई टैक्स नहीं लगा सकता था। (Gurdon)-1914 **गोर्डन-1914)**

ऐसे समय में जब ये क्षेत्र छोटे-छोटे राजाओं से शासित था और अंग्रेज कुछ हिस्सों पर कब्जा कर चुके थे और उनके जनरल स्कॉट 23वीं नेटिव इंफेंट्री को लेकर 1824 में जैन्तिया राज तक मार्च कर चुके थे तो स्कॉट ने बड़ी-बड़ी योजनाएँ बनानी शुरू कीं। उसने दून पहाड़ी इलाके को विकसित करने के लिए एक सेनेटोरियम तथा फौजों के लिए छावनी बनाने की योजना बनाई। स्कॉट ने तो मन ही मन खासी हिल्स से असम तक पहुंचने का एक दूसरा रास्ता भी चुन लिया था लेकिन चेरापूंजी और मिलिएम के सरदार सड़क बनाने के स्कॉट के इस प्रस्ताव के लिए राज़ी नहीं हुए यानी सिलहट से असम तक जैन्तिया से होकर निकलने वाले रूट को इन दोनों सरदारों ने अपने इलाके से जाने की इजाजत नहीं दी। देशज लोगों ने तो शारीरिक तौर पर जाकर सड़क बनाने वालों को रोका। हालांकि इस सबके बावजूद लेफ्टिनेंट बर्लटन (Burlton) जो उस सड़क निर्माण के काम का निरीक्षक था, ने इसे 1838 तक तैयार कर दिया था। स्कॉट ने अलग से एक और योजना भी बना रखी थी, जिसके तहत ब्रिटिश कम्पनी के अधिकार क्षेत्र पंडुआ गांव से पहाड़ी रास्ते होते हुए सिलहट जिला के असम में स्थित बारदुआर तक सड़क बनाना तय था। स्कॉट ने नौंगख्लाओ (Nongkhlaw) के राजा छत्तर सिं, जिसका प्रभाव तराई की जमीनों अर्थात् बारदोर में था और उसके रिश्तेदार तिरोत सिं जिसका प्रभाव ऊपर पहाड़ी इलाके में था, के बीच सत्ता संघर्ष से फायदा उठाया। नौंगख्लाओ के राजा ने स्कॉट को सड़क बनाने का रास्ता दे दिया लेकिन तिरोत सिं ऐसा कोई एग्रीमेंट करने को तैयार नहीं था। ये मामला नवंबर 1926 तक अटका रहा। छत्तर सिं की मृत्यु हो गई थी और छत्तर सिं का भतीजा रज्जन सिं केवल 5 वर्ष का था। तिरोत सिं उसकी गद्दी का दावेदार था चूंकि वही बालिग उत्तराधिकारी था लेकिन छत्तर सिं के राज्य की सीमा असम के नौंगख्लाओ तक थी, जिस पर अंग्रेज अहोम राज के एग्रीमेंट के तहत अधिकार कर चुके थे। इस बात को सुलझाने के लिए स्कॉट को बुलाया गया और ये तय हुआ कि चूंकि रज्जन सिं उम्र में छोटा है इसलिए गद्दी तिरोत सिं को दे दी जाए। जब तक तिरोत सिं जिंदा रहेगा, राज करेगा लेकिन उसकी मृत्यु के बाद ये गद्दी उसके असली वारिस यानी रज्जन सिं को दे दी जाएगी। **(बरुआ–1970)**

हालांकि पेम्बरटन ने समझौते के बारे में ये लिखा है कि 1926 में राजा तिरोत सिं ने ये इच्छा जाहिर की थी कि जिन जमीनों पर नीचे वाले क्षेत्र में उसके पहले देशज राजा या पूर्वज राज करते थे, उसमें पड़ने वाले हिस्से, वह उन्हें किराये पर दे सकता है। मि. स्कॉट ने इस क्षेत्र के साथ उसके अनुरोध

को मानने की बात सशर्त स्वीकारी थी। शर्त के अनुसार ऐसा तभी होगा जब तिरोत सिं सिलहट से असम तक के पूरे के पूरे क्षेत्रों में अंग्रेजी हुकूमत की जनता को आने-जाने की छूट दे देगा। **(पेम्बरटन-1835)**

समझौते में 6 शर्ते थीं, यह समझौता गर्वनर जनरल के एजेंट डेविड स्कॉट ने कंपनी के वास्ते और नौंगख्लाओ के राजा तिरोत सिं अशेम्ली (Ashemlee) जिन्हें श्वेतराजा भी कहते थे, के बीच हुआ था। यह समझौता 30 नवंबर, 1936 को गौहाटी में हुआ, जिसका देशज वर्ष 16 अगहन 1233 है।

इस समझौते की धारा–2 इस प्रकार हैं–''वर्णित राजा, सिलहट और असम के बीच ब्रिटिश फौजों को अपने क्षेत्र में से होकर आने-जाने हेतु रास्ता देना स्वीकार करता है।'' **(एचीसन : 1909)**

समझौते के अनुसार तिरोत सिं ने रोड बनाने हेतु भुगतान पर सारा समान देने तथा रोड बन जाने के बाद उसकी मरम्मत करने की भी शर्त स्वीकारी थी। इसके बदले ऑनरेबल कंपनी ने उसे किसी बाहरी शक्ति के हमले से बचाने तथा दूसरे सरदारों से रक्षा का वायदा भी किया था। ये भी शर्त थी कि यदि कंपनी दूसरों अथवा दूसरी शक्तियों से किसी युद्ध में उलझेगी तो राजा अपने अनुयायियों के साथ असम के पूर्व में स्थित खुलियावार में, उनकी मदद करेगा। ये भी शर्त उस समझौते में थी कि राजा का राज उनके देशज कानून और उनके नियम के अनुसार चलेगा, जिसमें अंग्रेज सरकार कोई दखल नहीं देगी। **(इबिड)**

हालांकि यह लग रहा था कि रोड को लेकर एक संन्तोषप्रद सम्मानजनक समझौता हो गया है लेकिन सच्चाई यह थी कि या तो राजा तिरोत सिं अथवा वे स्वयं ही इस समझौते को लेकर आश्वस्त नहीं थे। अपने सरदारों को इसे स्वीकार करने के लिए वे राजी नहीं कर पाये। राजा दुविधा में थे। माने या न माने हो सकता है राजा तिरोत सिं ने उस वक्त परिस्थितियों को देखते हुए एक रणनीति के तहत यह समझौता कर लिया था लेकिन उसे लागू करने की उनकी मंशा नहीं थी। समझौते पर तुरंत विवाद शुरू हो गया और कई खासी सरदारों ने असम वाले इलाके की पहाड़ियों में भी अपने क्षेत्र की दावेदारी शुरू कर दी। उधर अहोम राजा रूद्रा सिं से भी जैन्तिया राजा का दिमारूआ (Dimarua) के सीमा क्षेत्र को लेकर झगड़ा चल रहा था। खासी सरदारों ने अंग्रेजों द्वारा कर उगाहने के लिए भेजे गए सजावलों (एजेंटों) को रोकने हेतु अपने एजेंटों का एक बड़ा दस्ता उन विवादित गांवों मे भेज दिया था। स्कॉट ने मिलिएम के प्रधान पर उन पैसों की वापसी के लिए दबाव डाला जो उसने अपने एजेंटों द्वारा दिमारुआ परगना से वसूले थे।

स्कॉट ने सोचा शायद दबाव डालने या कड़ा रुख दिखाने से ये सरदार घुटने टेक देंगे लेकिन उसकी ये सोच गलत साबित हुई। यह वही समय था, जब वह बड़ी घटना घटी जिसे अंग्रेज नौंगख्लाओ का नरसंहार कहते हैं। वास्तव में ये विद्रोह था और इस घटना ने इस रतौन्धे (Night Myriz) अंग्रेजों के पहाड़ी लोगों के साथ रिश्ते ही उलट दिए। ऐसे नौंगख्लाओ की इस घटना से अंग्रेजों को इस पहाड़ी क्षेत्र पर कब्जा करने का बहाना भी हाथ लग गया था।

नौंगख्लाओ का विस्फोट

नौंगख्लाओ के इस विस्फोट में दो अंग्रेजी अफसर लेफ्टिनेंट बिडिंग फील्ड (Biding Field) तथा बर्लटन (Burlton) 50-60 सिपाहियों के साथ मारे गए। इसका दोष अंग्रेज लेखकों ने अपनी आदत के अनुसार एक बंगाली चपरासी पर मढ़ा है। उनके अनुसार एक बंगाली चपरासी की एक बेवकूफी भरी टिप्पणी के कारण यह विद्रोह भड़का। इस बंगाली चपरासी ने खासियों को एक झगड़े में ये धमकी दी थी कि स्कॉट साहब उन पर भी वही टैक्स लगाएँगे जो उन्होंने मैदानी इलाके के लोगों पर लगाया है। हालांकि इतिहासकारों के अनुसार यह घोषणा गलत थी लेकिन ये घटना खासियों को उत्तेजित करने और उनमें असंतोष की आग भड़काने के लिए काफी थी। ऐसे खासियों में असंतोष तो उन देशज एजेंटों के अभद्र व्यवहार और गाली गलौज से ही फैल चुका था, जिन्हें स्कॉट अपने साथ पहाड़ी इलाके में लेकर चलता था। **(इबिड)**

हालांकि यह सही है कि एक बंगाली चपरासी ने बेवकूफी भरी घोषणा की थी जिसके लिए उसे अपनी जान भी गंवानी पड़ी लेकिन इस असंतोष के पीछे हम दूसरे उन साक्ष्यों और तथ्यों को भी नज़रअंदाज नहीं कर सकते, जो खासी सरदारों के नज़रिये से बहुत घातक थे। हालांकि उस बेवकूफ चपरासी ने शेखी बघारते हुए एक हीरो की मौत मरने का नाटक किया। लाहरी लिखते हैं–''वह फांसी पर चढ़ते हुए भी शेखी बघारता रहा।'' **(लाहिरी रिप्रिंट-1975)**

इस दुर्भाग्यपूर्ण घटना के पीछे उस मामूली चपरासी की बेवकूफी भरी टिप्पणी के अतिरिक्त सबसे बड़े गंभीर कारण का संकेत गर्वनर जनरल के एजेंट रॉबर्टसन ने निष्पक्ष भाव से निम्न रूप में किया है–

''नौंगख्लाओ के नरसंहार के कारणों की खोज में जाने पर ये पता चलेगा कि जो राजनैतिक व्यवस्था उस समय मौजूद थी उसमें तिरोत सिं उस मौके पर केवल एक औजार मात्र था, जिसके माध्यम से सरदारों की परिषद की इच्छा को

लागू किया जा रहा था। ये सरदार इस समझौते से गुस्सा थे, चूंकि वह बिना उनकी मंजूरी के किया गया था, इसलिए इस तथ्य को नजरअंदाज करना भारी भूल होगी।[3]''

लाहिरी ने इसके बारे में कहा है–''बाद की रिपोर्टों से यह पता चलता है कि इस समझौते के बारे में सरदारों की स्वीकृति नहीं ली गयी थी, जिससे सरदारों में असंतोष और रोष फैल गया था, जो अंततः नौंगख्लाओ के नरसंहार का कारण बना।'' **(लाहिरी रिप्रिंट–1975)**

पेम्बरटन के अनुसार भी–''यह समझौता गैरजरूरी था। खासियों द्वारा सिलहट और असम में किए जा रहे सालाना हमले होते रहते थे। इसलिए जब अंग्रेजों का कब्जा इन दोनों जिलों पर हो गया तो उन्होंने खासियों के खिलाफ बदले की मुहिम करने की ठानी क्योंकि उन्हें रास्ते पर लाने के लिए अंग्रेजों के पास एक मात्र यही रास्ता बचा था।''

इसके ठीक विपरीत राजा तिरोत सिं का यह दावा था–''एग्रीमेंट के समय उसे ये बताया गया था कि जो जमीनें उन्हें दी जाएँगी उस पर कोई कर नहीं दिया जाएगा।'' इसके बारे में लाहिरी का कहना है कि–''तिरोत सिं को छत्तर सिं के मैदानी इलाके की जमीनें मिली थीं जो उतनी लाभदायक नहीं थीं, जितनी की उम्मीद थी। हालांकि तिरोत सिं को कर की जो राशि कंपनी को देनी थी, वह कुल मूल्य के आधे से ज्यादा नहीं थी लेकिन तिरोत सिं के लिए यह पैसा देना भी मुश्किल था। उनकी यह भी शिकायत थी कि अहोम राज के तहत उनके पूर्वजों से ऐसी कोई राशि नियमित रूप से वार्षिक किराये के रूप में नहीं ली जाती थी तो अब उनसे यह राशि क्यों मांगी जा रही है?''

इस तथ्य को लेकर रॉबर्टसन ने भी कहा था–''खासी पहाड़ियों की राज व्यवस्था की आय का स्रोत मैदानी इलाकों में या सीमावर्ती इलाकों में लगने वाले बाजारों अथवा अपराधियों पर लगाए गए जुर्मानों की राशि अथवा उपहार स्वरूप प्राप्त कुछ उपयोगी वस्तुओं का हिस्सा था।'' **(इबिड)**

अंग्रेजों ने इसके बदले इनकम टैक्स और भूमि-कर जैसे कई अन्य टैक्स तथा व्यवस्थाएँ लागू कर खासियों को उद्वेलित कर दिया था, जिसके चलते उनके मन में विद्रोह की ज्वाला रह-रहकर भड़क उठती थी। इसी विद्रोह की ज्वाला ने खासियों में कई ऐसे नायक पैदा किए, जिनकी बहादुरी अतुलनीय है।

और भी कई कारण थे, जिसके कारण खासी सरदारों के मन में अंग्रेजों की नीयत पर बार-बार शंका उठ रही थी। तिरोत सिं अंग्रेजों की तरह डिप्लोमेट नहीं था। वह कही हुई बात को सत्य मानता था। बलराम सिं जो 'रानी' राज्य का

राजा था और जिसकी सीमा लोअर असम के कामरूप जिला में तिरोत सिं की सीमा से सटी हुई थी, का आपस में बराबर झगड़ा रहता था। तिरोत सिं के लोग बलराम सिं की सीमा से होकर बाजार जाते थे। बलराम सिं कई बार इस रास्ते को बंद करने की धमकी दे चुका था। तिरोत सिं को ये विश्वास था कि समझौते की शर्त चार के अनुसार अंग्रेज बलराम सिं को दंड देंगे। कैप्टन व्हाइट ने यह आरोप लगाकर कि तिरोत सिं के लोग बलराम सिं के इलाके में कई डकैतियाँ और हत्याएँ कर चुके हैं और तिरोत सिं ने उन लोगों को कोई राहत नहीं पहुंचाई, बलराम सिंह ने क्षेत्र में तिरोत सिं के लोगों के खिलाफ सैनिक तैनात कर दिए थे। तिरोत सिं ने इसे अंग्रेजों की वादाखिलाफी और विश्वासघात माना। **(लाहिरी रिप्रिंट-1975)** तिरोत सिं के इस विश्वास की पुष्टि महेंद्र बरूआ की गवाही भी करती है, जो 17 मई, 1929 को गुवाहाटी की फौजदारी अदालत में उन्होंने दी थी। बरुआ ने बयान दिया था–"तिरोत सिं ने गुस्से से भरकर मुझे कहा था–'बरुआ, मिस्टर स्कॉट ने हमारे साथ विधिवत दोस्ती का समझौता किया था और कहा था कि तुम्हारा दुश्मन, कंपनी का दुश्मन होगा और ये भी कहा था कि बरद्वारका का लगान वह हमें पैसे और उपहारों के रूप में देगा। उसने ऐसा नहीं किया, उल्टे उसने रानी के राजा की मदद के लिए मेरे खिलाफ अपनी सेना भेज दी।" **(बरुआ–1970)**

कुछ और भी ऐसे कारण थे, जिन्होंने इकट्ठे होकर स्थिति को बिगाड़ दिया। बौर माणिक जो मिलिएम का सिएम था पर शुरू से ही अंग्रेजों को शंका थी कि वही नौंगख्लाओ के नरसंहार का मुख्य साजिशकर्ता है। बाद में रॉबर्टसन ने भी कैप्टन लिस्टर को आदेश दिया था कि वह बौर माणिक पर नज़र रखे और जरूरत हो तो उसे गिरफ्तार भी करे। इससे भी लोग नाराज़ थे। इसी बीच जब बौर माणिक पर नज़र रखी जा रही थी तो व्हाइट को यह सूचना मिली कि तिरोत सिं ने एक किसी चंद्रकांत का समर्थन प्राप्त किया है जो खुद को अहोम के राज का दावेदार कहता है और यह भी कि तिरोत सिं ने चंद्रकान्त का समर्थन अंग्रेजों को देश से बिल्कुल बाहर कर देने के लिए किया था, जबकि व्हाइट चंद्रकांत को स्वयं गुवाहाटी बुलाकार इस साजिश में शामिल न होने की ताकीद कर चुका था। **(बरुआ–1970)**

दरअसल अंग्रेजों द्वारा नौंगख्लाओ में बड़े-बड़े भवन बनाना और अपने धन और शानो-शौकत का प्रदर्शन करना राजा को खल रहा था और उसे लगता था कि अंग्रेजों द्वारा इस शानो-शौकत का प्रदर्शन राजा को अपनी प्रजा *की* नज़रों में छोटा सिद्ध करना है। जब तिरोत सिं इस मनःस्थिति से गुजर रहा था, तभी

मिलिएम के चीफ बौर माणिक ने सारे पहाड़ी राज्यों के सरदारों की मीटिंग बुलाई और तिरोत सिं को भी उसमें शामिल होने के लिए आमंत्रित किया ताकि अंग्रेजों को देश से भगाने की उनकी योजना कामयाब हो सके। दरअसल उनका अंतिम लक्ष्य था, असम में देशज साम्राज्य को कायम करना। ऐसा राज कायम होने के बाद कालंग नदी तक का तराई का इलाका उन्हें आजादी की इस लड़ाई के इनाम स्वरूप मिल जाता। इसलिए नौंगख्लाओ कोई स्थानीय दुर्घटना नहीं थी। ये तो एक बड़ा शानदार विद्रोह था, जिसमें तिरोत सिं शामिल था और जब उसने अपने साथियों की सम्मिलित शक्ति के साथ अपना हिस्सा दांव पर लगा दिया तो वह बहुत ही वफादारी के साथ अंग्रेजों से देश को मुक्त करने की जंग अंतिम क्षण तक बहादुरी से लड़ता रहा।

दरअसल स्कॉट को नौंगख्लाओ आने पर 1829 में मार्च के अंत में ही कुछ गड़बड़ की भनक लग गई थी। वह बौर माणिक को धमकाना चाहता था चूंकि उसे मालूम हो चुका था कि बौर माणिक ने आसपास के सभी राजाओं के पास अपने आदमियों द्वारा संदेश भेजा है कि वे अपनी फौजें इकट्ठी करके भेजें, ताकि अंग्रेजों को नीचे के मैदानी इलाकों से भगाया जा सके। उसे उम्मीद थी कि बौर माणिक को सजा देने पर बाकी लोग डर जाएँगे लेकिन स्कॉट ने खासियों की औकात और उनके मनसूबों को पूरा करने की उनकी इच्छाशक्ति को कम करके आंका था। उसे तिरोत सिं पर लादे गए अन्यायपूर्ण समझौते के खिलाफ खासियों के मन में पनप रहे व्याप्त असंतोष का अंदाजा नहीं था। इसलिए विद्रोहियों ने जिन्हें कुछ गारो लोगों से भी समर्थन प्राप्त था, 5 मई, 1829 को नौंगख्लाओ पर हमला कर दिया और स्कॉट देखते रह गया। ये लड़ाई बराबरी की लड़ाई नहीं थी। एक तरफ पूरी तरह हथियारों से लैस ब्रिटिश सेना थी, दूसरी तरफ देशज हथियारों से लैस तिरोत सिं और उनके साथियों की सेनाएँ। लेकिन ये मानना पड़ेगा कि ये लड़ाई काफी लंबी चली और बहुत ही हिम्मत और हौसले से डटे रहकर लड़ी गई, जिसमें भयंकर अवरोधों के बावजूद भी कई स्थानों पर विद्रोहियों ने विजय हासिल की।

दरअसल इस विद्रोह की शुरुआत हुई थी—दो अंग्रेज अफसरों लेफ्टिनेंट बिडिंग फील्ड और लेफ्टिनेंट बर्लटन तथा उनके सैनिकों के कत्ल किए जाने से। ये सुना जाता है कि अंग्रेजों के साथ रहने वाले सिपाहियों में से किसी भी असामी सिपाही या अमले को विद्रोहियों ने नहीं मारा। बिडिंग फील्ड के मारे जाने के बाद बर्लटन ने हमलावरों को रातभर रोकने की कोशिश की ताकि वह सवेरे अपने साथियों के साथ भाग सके लेकिन बारिश हो जाने के कारण उनके हथियार और

गोलियाँ भीग गईं और वे सबके सब कत्ल कर दिए गए। ये कहा जाता है कि बर्लटन ने बिडिंग फील्ड को आनेवाले खतरे से पहले ही आगाह कर दिया था। यह भी कहा जाता है कि बिडिंग फील्ड को एक सभा में भाग लेने के लिए बुलाया गया था। जहां वह किसी धोखे की आशंका से बेखबर बर्लटन की चेतावनी को नज़रअंदाज करते हुए निहत्था जा पहुंचा था। उसे वहीं कत्ल कर दिया गया।

इस तथाकथित नरसंहार में एक अजूबा और घटा। डेविड स्कॉट इसमें बिल्कुल साफ बच कर निकल गए। वे कैसे जिंदा बचे इस पर भी परस्पर विरोधी कई तरह की रिपोर्टें और अफवाहें हैं। तथ्य तो ये भी संकेत करते हैं कि वह अपने अफसरों की जिंदगी पर आने वाले खतरे को भांपते हुए जानबूझकर चुपके से बचकर भाग निकला था! ये बात बारैह द्वारा अपनी पुस्तक में लिखे गए विवरण से भी पुष्ट होती है कि वह भाग निकला था। बारैह कहते हैं कि–"हालांकि डेविड स्कॉट नौंगख्लाओ में ही था पर न जाने किस जादू से या भगवान की कृपा से वह आगत खतरे से बच निकला। अफवाह तो यह भी फैली थी कि तिरोत सिं की मां काकासान (Kakasan) सिएम डेविड की अंतरंग मित्र थी। वह आधी रात के अंधेरे मे डेविड स्कॉट के घर पर गई और उसने आने वाले खतरे से उसे आगाह करते हुए तुरंत शहर छोड़कर भाग जाने के लिए कहा। उसने उसे राय दी कि वह गोहाटी की बजाय माओफ्लांग (Mawphalang) के रास्ते होकर चेरापूंजी (सोहरा) पहुंच जाय चूंकि वही एक मात्र सुरक्षित वैकल्पिक रास्ता था। डेविड स्कॉट ने स्थिति की नज़ाकत और खतरे को समझा और वह तुरंत पहली अप्रैल को माओफ्लांग पहुंच गया, जहां उसे वहां के लिंग्दोह सरदार ने शरण दी। वहां के लिंग्दोह राजा ने अपने संरक्षण में उसे सोहरारिम होकर चेरापूंजी पहुंचा दिया। सोहरारिम से डेविड को खासी किसान का भेस बना कर बाहर निकाला गया। इस प्रकार स्कॉट सुरक्षित चेरापूंजी पहुंच गया। यहां उसे चेरापूंजी के सिएम यू. डुवान ने सुरक्षित रखा। चेरापूंजी का सिएम डुवान नौंगख्लाओ के सिएमों का विरोधी था।

तथ्य ये भी बताते हैं कि शुरू से ही कुछ खासी सरदारों ने दुश्मनों का साथ दिया था और अपनी भूमि के प्रति गद्दारी की थी। **(बारेह–1967)**

बारैह ने अपनी बात सुनी-सुनाई कहानियों पर आधारित करके कही है या सच्ची घटनाओं पर, इसे निर्णायक तौर पर नहीं कहा जा सकता। बारैह के बाद के कुछ लेखकों ने उसके द्वारा निकाले गए उपरोक्त निष्कर्ष में कुछ कड़ी टिप्पणियाँ भी की हैं, जिनसे भी सहमत नहीं हुआ जा सकता। ऐसे यह कहना भी कठिन है कि डेविड स्कॉट अपने मित्रों और अफसरों को खतरे में छोड़कर भाग

गया होगा। डेविड स्कॉट कोई कायर तो नहीं था पर वह था पक्का धूर्त अंग्रेज। खासियों के चरित्र के बारे में स्कॉट द्वारा की गई अनुदार टिप्पणियों से और अपने दोस्तों की मृत्यु का बदला लेने की उसकी प्रतिबद्धता से भी यह स्पष्ट जाहिर होता है कि वह कायर भले नहीं था पर पक्का कूटनीतिज्ञ था। **(पेम्बरटन-1835)**

पेम्बरटन इस पर यूं लिखते हैं–''मि. स्कॉट के एकाएक नौंगख्लाओ छोड़कर चेरापूंजी के लिए अचानक प्रस्थान कर जाने के चलते वे उस भयानक नियति से बच निकले, जो उनके मूल्यवान मित्रों और वफादार अनुयायियों पर आन पड़ी। घटना के कई दिन बीतने के बाद स्कॉट को इस सच्चाई से अवगत कराया गया।'' **(पेम्बरटन-1835)**

बरुआ ने स्कॉट का वह पत्र जो उसने मायरांग से 6 मई 1829 को लैम्ब को लिखा था, उद्धृत करते हुए कहा है–''मैं कभी उम्मीद नहीं कर सकता था कि तिरोत सिं इतनी पागलपन भरी कार्यवाही करेगा। मुझे इस बात का अफसोस है कि उसने इस कार्यवाही को करने की कोशिश मेरे और बिडिंग फील्ड द्वारा उस स्थान को छोड़ने से पहले क्यों नहीं की? मुझे इस बात का विश्वास है और खासी लोगों की गतिविधियों से मैं वाकिफ हूं। यदि वह मेरे रहते ऐसा कुछ करता तो हमारे 15 सिपाही जो चेरा तक हमारे साथ गए थे, की मदद के बगैर ही हमारी जंगली चिड़ियों का शिकार करने वाली छोटी बन्दूकों से अकेले ही तिरोत सिं के गैंग को हम हरा देते और उनके हरेक गांव को जला देते।'' **(बरुआ–1970)**

लाहिरी के रिपोर्ट के अनुसार–''स्कॉट और उसके अनुयायियों की खुशकिस्मती थी कि उन्हें तुरंत सिलहट की तरफ से इमदाद मिल गयी। ये खबर सुनते ही कि स्कॉट और उनके अनुयायी चेरापूंजी की तरफ गए हैं, कैप्टन लिस्टर तेज गति से चेरापूंजी पहुंच गया और उसने स्कॉट और उनके अनुयायियों को कैप्टन बिडिंग फील्ड तथा उसकी पार्टी की भयावह नियति से बचा लिया। तिरोत सिं ने नौंगख्लाओ विद्रोह के अगले ही दिन 4000 गारों को स्कॉट तथा उसके साथियों को पकड़ने के लिए चेरापूंजी भेजा था।'' **(लाहिरी रिप्रिंट-1975)**

यदि कैप्टन लिस्टर चार दिन की दूरी बिना कहीं रुके एक दिन में पूरी करके नहीं पहुंचता तो डेविड स्कॉट एकदम अलग-थलग पड़ जाता और बुरी तरह फंस जाता। इससे लगता है कि तिरोत सिं स्वयं स्कॉट का पीछा करते हुए माओम्लोह (Mawmluh) की तरफ बढ़ गया था। लिस्टर ने समय पर हस्तक्षेप कर तिरोत सिं को वहां पहुंचने से रोक दिया। इसके बाद माओम्लोह को आग की लपटों के हवाले कर दिया गया लेकिन तिरोत सिं उन लपटों से भी बचकर निकल आए। **(बारेह पुजारी–1970)**

ऊपर की सारी रिपोर्टों के अनुसार लगता है कि स्कॉट को खासी सरदारों के मन में तिरोत सिं और कंपनी के बीच हुए समझौते के खिलाफ पनप रहे असंतोष की बिल्कुल जानकारी नहीं थी, ना ही वे उसके तात्कालिक खतरे या एकाएक उठे भयावह रूप का अंदाज लगा पाए थे।

इस विद्रोह के बारे में यह चर्चा भी जरूरी है कि इसमें भारी संख्या में गारो लोग खासियों की मदद में आए थे। जब व्हाइट खासियों पर हमले की योजना बना रहा था तो उसे सूचना मिली कि आठ हजार गारो तिरोत सिं के आदेश पर असम की तरफ जाने वाले सभी दर्रों पर पहरा दे रहे हैं। इतना ही नहीं गोआलपारा के मजिस्ट्रेट के यह कहने पर कि गारो और खासियों का गोआलपारा में आ जाने का खतरा है तो व्हाइट मदद में अपने सैनिक भेजने को तैयार हुआ। **(लाहिरी रिप्रिंट--1975)**

चेरापूंजी का प्रधान डुवान सिं, जो इस समय अपने को एक अजीब सी स्थिति में महसूस कर रहा था और अंग्रेजों द्वारा जिस पर बराबर दबाव बनाया जा रहा था, अंग्रेजों को मदद देने के लिए आगे आया। ये जानकर कि तिरोत सिं हारी हुई बाजी लड़ रहा है, काला राजा ओसमाइल (Osmile) और खाईरिम के राजा सिं माणिक ने भी डुवान सिं का अनुसरण किया। लिस्टर ने लाइटकिन्सी (Laitakynesw) गांव जो तिरोत सिं की सीमा में आता था को तहस-नहस करके ठंडा कर दिया था। तब उसने लुगंब्री (Lungbree) मायरांग तथा नौंगक्रेम गांवों पर कब्जा कर लिया। 24 अप्रैल, 1829 को बौर माणिक के गांवों पर कब्जा करके स्कॉट उन्हें तहस-नहस करते जलाते हुए, मई माह के शुरुआत में नौंगख्लाओ जा पहुंचा। इधर जब लिस्टर ने बौर माणिक को अपने ही राज के बगल में बुरी तरह हरा दिया तो मिलिएम ने भी लिस्टर के आगे 20 मई को आत्मसमर्पण कर दिया। **(बारपुजारी-1975)**

सिर पर एक लाख रुपये का घोषित इनाम लिए-लिए तिरोत सिं को अंग्रेजों की बढ़ती हुई सेना का मुकाबला करना पड़ा रहा था। कैप्टन वैच्च (Wetch) ने नौंगख्लाओ पहुंच कर मायरांग में मोर्चा सम्हाल लिया था और मिर्जा बुंदा अली, जो गारो हिल का सुपरिंटेंडेंट था को उसकी सेना के साथ उसे नौंगख्लाओ में तैनात कर दिया गया था। **मिलिएम** को लिंगदोह के चार्ज में दे दिया गया। कैप्टन लिस्टर मिलिएम और माओस्माई में सिलहट के साथ संपर्क सूत्रों की पूरी सुरक्षा करके अपने मुख्यालय लौट गया था। **(इबिड)**

इस समय तिरोत सिं ने माइरियाओ में जाकर शरण ली, जहां जुबेर सिं, जो रिम्बाई, का सरदार था भी अपने 150 समर्थकों के साथ आकर उनसे मिल गया।

उधर कैप्टन वैच्च भी बुंदा अली के साथ तिरोत सिं और जुबेर सिं का मुकाबला करने पहुंच गया।

ये लोग 9 जून, 1829 को मार्च कर गए और तिरोत सिं और जुबेर सिं को अपनी सशक्त शरणस्थली से पीछे हटना पड़ा। गांववालों के पास सिवाय समर्पण के कोई रास्ता नहीं बचा था। जुबेर सिं ने मुकाबला किया और नौंगख्लाओ के रास्ते में उसने 20 कुलियों को मौत के घाट उतार दिया। स्कॉट ने इसकी प्रतिक्रिया में रिम्बाई पर जाकर कब्जा कर लिया और गांववालों को विद्रोही सरदारों को उसे सौंपने को बाध्य करने लगा।

इधर ये हो ही रहा था कि एकाएक खासी पहाड़ियों की दक्षिणी ढलान पर स्थिति बिगड़ गई। बौर माणिक मासमाई में डट गया। मारूमाई का राजा यू मकेन सिं जो तिनरंग (Tynrong) परिषद् यानी बारह प्रधानों की परिषद का मुख्य था, भी विद्रोहियों से आ मिला, जिससे अंग्रेजी सेना के सिलहट के साथ संपर्क सूत्रों पर खतरा पैदा हो गया। कैप्टन लिस्टर को अपने लोगों के साथ तुरंत मार्च करना पड़ा और तिनरौंग का मुकाबला करना पड़ा। उसने सोहबार (Sohbar) गांव पर भारी हमला किया लेकिन विद्रोही भी अंत-अंत तक डटे रहे। जब तक उन्होंने शत्रु सेना को भारी नुकसान नहीं पहुंचा दिया और कई शत्रु सैनिक मारे नहीं गए तब तक पीछे नहीं हटे। विद्रोहियों के गांव जला कर मिट्टी में मिला दिये गये। 1829 के सितंबर माह के मध्य में बौर माणिक को भी गिरफ्तार कर लिया गया और उसे कैदी बनाकर गौहाटी भेज दिया गया। बौर माणिक की गिरफ्तारी के तुरंत बाद दो अन्य विद्रोही सरदारों, क्रमशः जुबेर सिं और ऊ लार सिं जो क्रमशः रिम्बाई और माइखा के सरदार थे, ने भी समर्पण कर दिया।

ऐसा बताया जाता है कि–''तिरोत सिं और बौर माणिक बिजली की गति से एक जगह से दूसरे स्थान पहुंच जाते थे और नयी मदद और दोस्तों को इकट्ठा करके अंग्रेजी फौजों पर हमला करते थे। **(लाहिरी रिप्रिंटस-1975)** तिरोत सिं न सिर्फ गारो की सहायता लेने में कामयाब हुए थे बल्कि वे अपना कार्यक्षेत्र सिंफू (Singpho) जैसे देश तक भी विस्तृत करने में कामयाब हुए। बल्कि वे अपना विद्रोह अप्रभावित सिंफू सरदारों से भी जोड़ने में सफल हुए थे।''

हालांकि स्कॉट ने खासियों के लड़ने की क्षमता और पारंपरिक हथियारों से लड़ने की जिद्द को लेकर उनका मज़ाक उड़ाया था लेकिन उसी **स्कॉट** को बाद में ये मानना पड़ा था कि–''विद्रोह का बीड़ा उठाए इन विद्रोही नेताओं को काबू में लाने के लिए साधारण से अधिक मशक्कत करनी पड़ेगी।'' **(लाहिरी रिप्रिंटस-1975)**

पेम्बरटन की रिपोर्ट के अनुसार–''5 जनवरी 1831 को रिम्बाई के सरदार

और गारो लोगों ने सम्मिलित रूप से पंटान, बोगाई और बोगांव जो मैदानी इलाके के तीन द्वार थे, पर भारी हमला किया। स्कॉट ने इसके बारे में कहा है कि इन तीनों राज्यों पर अंग्रेजों द्वारा इसलिए कब्जा कर लिया गया था चूंकि उसमें से एक ने राजा के खिलाफ विद्रोह किया था और बाकी दो पर कर की राशि बकाया थी।'' (पेम्बरटन -1835) स्कॉट का ये कहना सिद्ध करता है कि पहाड़ी इलाके में कर लगाना, वहां की प्रचलित प्रथा के विपरीत था। यही खासी प्रधानों के असंतोष का कारण भी था। लाहिरी ने भी कहा है कि--''1831 के जनवरी के तीसरे सप्ताह में खासी और गारो ने अपने सरदारों के नेतृत्व में लोअर असम के पश्चिमी हिस्से को अंग्रेजों के हाथ से छीनने की कोशिश की थी। वे लोग एकाएक आकर नीचे मैदानों मे भर गए और लोअर असम के रेवेन्यू विभाग तथा पुलिस स्टेशन पर हमला कर दिए। उनका मुकाबला करने के लिए भेजी गई असम लाइट इंफेंट्री की टुकड़ी को भी उन्होंने खदेड़ दिया।।'' (लाहिरी रिप्रिन्टस-1975)

ये दर्ज करना चाहिए कि खासी लोग संघर्ष के लिए नयी नीतियाँ विकसित करते रहे। उन्होंने जगह-जगह पर बिजली की गति से हमले किए और रुकावटें पैदा कीं। अंग्रेज लोग स्वयं उनकी रणनीति से प्रभावित थे कि कैसे खासी लोगों ने इतने बेहतर हथियार प्राप्त कर लिये थे और कैसे वे मेमन सिं और ढाका से जाकर सुसांग के राजा के अमले से आधुनिक हथियार और गोले बारूद प्राप्त कर ला रहे थे।

असम के दोबारों पर हमले के कुछ दिन बाद मनभूत (Monbhoot) के नेतृत्व में तिरोत सिं के समर्थकों की दूसरी पार्टी ने सिलहट जिला में कांताखाल के नजदीक वाले सीमावर्ती गांवों पर हमला बोल दिया। कैप्टन लिस्टर ने उनको वहां से बाहर किया। बाद में अंग्रेज मनभूत को जीतने और अपने साथ मिलाने में भले कामयाब हो गए लेकिन पेम्बरटन ने उसके बारे में लिखा है--''ये सबसे ज्यादा हौसलेमंद, जोखिम उठाने वाला खासियों का कामयाब नेता था, जिसकी अजेय प्रेरणा उसे तब भी बराबर मुकाबले में डटे रहने के लिए प्रेरित करते रहती थी, जब सब लोग पीछे हट चुके होते थे।... जहां भी उसे तनिक भी खतरे की संभावना होती थी, वह वहां किस कल्पनातीत फुर्ती से अपने देशज पहाड़ों पर चढ़ जाता था, किस गति से अपने शक्तिशाली दुश्मनों पर आघात करता था, यह अद्‌भुत है।'' (इबिड)

इस बीच वह युद्ध जो तीसरे साल में पहुंच चुका था, से थके हारे रॉबर्टसन अपने निराश क्षणों में इसे मनहूस युद्ध, कहने लगे थे। इसी समय लगभग अगस्त 1831 में डेविड स्कॉट की मृत्यु हो गई। उसके बाद रॉबर्टसन ने गवर्नर जनरल के एजेंट

का नया पद सम्हाला और इस परेशान करने वाली मनहूस लड़ाई को खत्म करने की नयी रणनीतियाँ और योजनाएँ बनाने में जुट गया। उसने ये भी महसूस किया कि जो गांव तथा खासी सरदार अंग्रेजों के दोस्त माने जाते हैं, वे भी भीतर-भीतर चुपके-चुपके तिरोत सिं को पैसे और साधनों से मदद करते हैं। **(लाहिरी रिप्रिंटस-1975)**

हालांकि बारैह ने जल्दबाजी में चेरा के ऊ डुआन सिं समेत कतिपय खासी प्रधानों को गद्दार घोषित किया है लेकिन यह भी संभव है कि अपनी विचित्र परिस्थिति के कारण वे अंग्रेजों को दिखाने के लिए ऐसा करते रहे हों। इस बात की पुष्टि इस तथ्य से होती है कि बाद में आकर खाईरिम के राजा सिं माणिक ने राजा बौर माणिक (Bur Manic) डुआन सिं, चेरा के दोबाशी और कोजी कुंवर तथा जो जैन्तिया राजा के नौकर ऊ लुंग को वर्तमान संकट का उत्प्रेरक बताया था। संभवतः उन्हें ये आशंका हो गई थी कि जब तिरोत सिं पकड़ा जाएगा तो अंग्रेजों को पता लग जाएगा कि वे लोग भी स्वयं इस खेल में कितनी दूर तक शामिल थे। **(पेम्बरटन-1835)** अंग्रेज अफसर जो सिं माणिक जैसे मध्यस्थों की मार्फत वार्ता चला रहे थे (जो बहुत पहले ही समर्पण कर चुका था) इस नतीजे पर पहुंच चुके थे कि चेरा समेत बाकी दोस्त राज्यों से रसद और मदद के बल पर यह विद्रोह चलाया जा रहा था। **(इबिड)**

बारपुजारी ने ये कहा है–''कलकत्ता के अधिकारियों ने ना तो कभी तिरोत सिं के नेतृत्व को और ना ही उसके वफादार प्रधानों को सराहा। कलकत्ता के अधिकारी ये समझ रहे थे कि जब तक तिरोत सिं आजाद है, तब तक जनता की वफादारी और समर्थन उसे मिलता ही रहेगा और तिरोत सिं को नुकसान न पहुंचने देने और उसे जिंदा रखने के लिए उनमें प्रतिरोध भी जारी रहेगा, जो बाहरी तौर पर अंग्रेजों के समर्थक दिखते हैं।'' **(बारपुजारी-1970)** लोरसक (Lursac) नामक एक खासी सरदार, जो अंग्रेजों के समक्ष समर्पण करके बुरी तरह टूट गया था, बहुत ही बहादुरी और साहस के साथ ये घोषित किया–''मैं तिरोत सिं की खिलाफत करके खुद को गद्दार नहीं बना सकता था, इसीलिए मैं खासी सेनाओं में भर्ती हुआ था।'' **(इबिड)**

रॉबर्टसन इस नतीजे पर पहुंच चुका था कि जब तक तिरोत सिं जिंदा है और आजाद है, उसके प्रति वफादारी का अहसास और उसे जिंदा रखने की इच्छा, खासियों को विद्रोही बनाती रहेगी। अंग्रेजों ने सबसे पहले अपनी सदियों से अपनायी नीति बांटों और राज करो को आजमाया। यही नीति विदेशी साम्राज्य को पुख्ता बनाने में कामयाब रही थी। रॉबर्टसन से पहले स्कॉट ने भी इसे कुछ हद तक अपनाया था। बंगाल की सरकार ने उसे जैन्तिया राजा की मदद इस शर्त पर लेने के लिए आदेश दिया था कि यदि जैन्तिया राजा अंग्रेजों का साथ देगा

तो वह उसकी क्षेत्रीय सीमा बढ़ाने में मददगार होंगे। स्कॉट ने 1830 में कतिपय खासी सरदारों को कुछ जमीन भी दे दी थी ताकि वे अपने लोगों के खिलाफ युद्ध में अंग्रेजों की मदद करें। (इबिड)

स्कॉट की मृत्यु के बाद रॉबर्टसन ने बातचीत के जरिए कुछ खासी सरदारों को अपनी तरफ मिलाने की कोशिश की, जिसमें उन्हें कुछ खास कामयाबी नहीं मिली। फिर उसने भारी सैनिक कार्यवाही और आर्थिक प्रतिबंध लगाकर लोगों को काबू में लाने की चेष्टा की। कैप्टन लिस्टर को भारी संख्या में सैनिक देकर नौंगख्लाओ में नियुक्त कर दिया गया, जिसमें गोलाअपारा के सिहिबन्दीस (Sihbandis) को भी भर्ती किया गया। कई रणनीतिक स्थानों पर पिल बॉक्स (सूचना देने के केन्द्र) बनाए गए। बर्मा से भी फौज मंगवाई गई। मणिपुर से रिसाला (घुड़सवार सेना) मंगाकर तैनात कर दी गई ताकि संपर्क-सूत्र कायम रहें। उनका अंतिम उद्देश्य था, खासी पहाड़ियों को यूरोप की कालोनी बना देना। यहां तक कि बर्मा के शरणार्थियों को और मणिपुर के शक्तिशाली लोगों को खासी पहाड़ियों के बीचोंबीच स्थापित करना ताकि चारों तरफ से असंतुष्ट खासियों की घेराबंदी करके उन्हें दबाया जा सके।

इसी अवधि में खाईरिम के राजा सिं माणिक अंग्रेजों से असन्तुष्ट खासी सरदारों, खासकर तिरोत सिं के बीच मध्यस्थता कराने की कोशिश में लगे थे। इस बारे में पेम्बरटन ने 1835 में दर्ज किया है–"तिरोत सिं जो मुख्य अभियुक्त थे को पकड़ने के लिए बहुत बड़ी राशि का इनाम रखा गया था लेकिन वे न्याय प्रक्रिया के काबू में नहीं आ रहे थे। वे विभिन्न क्षेत्रों के खासी सरदारों के अस्थाई शरण में थे। खासी सरदारों ने तिरोत सिं को अपनी इज्जत और प्रतिष्ठा का सवाल बना लिया था। उनके लिए तिरोत सिं इतने महत्त्वपूर्ण थे कि वे किसी भी हालत में उन्हें अंग्रेजी हुकूमत को सौंपने को तैयार नहीं थे। ये सरदार अपने मान-सम्मान के लिए अत्यन्त ही विपरीत और भीषण परिस्थितियों का मुकाबला कर रहे थे।" (पेम्बरटन-1975)

बारेह ने कतिपय खासी सरदारों को गद्दार की संज्ञा दी है, जो मान्य नहीं हो सकती। दरअसल इनमें से अधिकांश ने बहुत ही विपरीत स्थितियों को बर्दाश्त करके भी अपनी प्रतिष्ठा और देश के प्रति वफादारी पर आंच नहीं आने दी।

कैप्टन लिस्टर (Lister) और लैफ्टिनेंट रूथर फोर्ड (Ruther Ford) जिन्हें रॉबर्टसन ने प्रतिनिधि बनाकर भेजा था–से तिरोत सिं का पहला साक्षात्कार 23 सितंबर, 1832 को नौंगक्रेम (Nongkrem) में हुआ था। इस बैठक में तिरोत सिं ने मात्र एक प्रस्ताव रखा,–"उसका देश उसे वापिस सौंप दिया जाए तथा वह सड़क जो उस इलाके में जंगल साफ करके बनाई जा रही है का निर्माण रोक दिया

जाए।" स्वाभाविक था कि ये वार्ता टूट गई चूंकि अंग्रेज प्रतिनिधि इस शर्त को मानने के लिए तैयार नहीं थे। अगले दिन सिं माणिक (Singh Manik) ने स्थिति को बचाने के लिए बहुत कोशिश करके तिरोत सिं के दो मंत्रियों–मन सिं तथा जित रॉय से अंग्रेज प्रतिनिधियों की वार्ता रखवायी लेकिन इसमें भी कोई खास प्रगति नहीं हुई, सिवाय इसके कि अंग्रेज प्रतिनिधियों ने ऐसा महसूस किया कि कड़े प्रतिरोध के कारण ही टूट के लक्षण पैदा हो रहे हैं।

खाईरिम के सिं माणिक ने फिर से कोशिश करके 10 नवंबर, 1832 को पुनः एक साक्षात्कार रखा। वही ब्रिटिश प्रतिनिधि उसमें शामिल हुए, जो निम्न शर्तों पर वार्ता करने आए थे–

1. तिरोत सिं को सरदार इस शर्त के साथ अंग्रेजों के हवाले कर दें कि तिरोत सिं की जिंदगी को नुकसान नहीं पहुंचाया जाएगा। इसके साथ सरकार द्वारा राजा तिरोत सिं संबंधी कोई अन्य शर्त नहीं जोड़ी जाए। सरकार और कुछ भी कार्यवाही करने को स्वतंत्र होगी।
2. यदि तिरोत सिं को सरकार के हवाले कर दिया जाता है तो मीटिंग कराने वाले 12 राजाओं की परिषद् के हर राजा को ये अधिकार होगा कि वह जनजातीय व्यवस्था और रीति-रिवाज के अनुसार तिरोत सिं की जगह किसी और व्यक्ति को राजा चुन लें।

इन अंग्रेज प्रतिनिधियों को ये अधिकार दिया गया था कि वे किसी भी राजा को पूरी तरह माफी दे सकते हैं, बशर्ते वे अंग्रेजों की शर्तें मानें। उनमें से कुछ मुख्य शर्तें थीं–"अंग्रेज सरकार को यह अधिकार होगा कि वे देश के इस पार से उस पार चेरा और आसाम के मैदानी इलाके के बीच किसी भी दिशा में, जिसे वे उचित समझेंगे सड़क बना सकेंगे।"

अंग्रेज सरकार ने ये भी शर्त रखी कि वे सड़क के किनारे किसी भी बिंदु पर निर्माण हेतु पुल, रेस्ट हाउस, बंगले, गोदाम, गार्डरूम्स, स्टोकेड्स (Stockades) आदि के निर्माण के लिए आजाद होंगे।

मायरांग (Mairang) और नौंगख्लाओ (Nongkhlaw) अपने समूचे क्षेत्र सहित ब्रिटिश सरकार के अधीन माने जायेंगे। इन प्रतिनिधियों को ये भी अधिकार दिया गया था कि वे शर्तों को मनवाने के लिए लोगों से वायदा भी कर सकेंगे कि–"यदि लोग सरकार से अपनी जमीनों को वापिस लेना चाहें, जो आसाम की घाटी में उनके पास थीं, तो वे इन प्रतिनिधियों के प्रभाव से ऐसा कर सकते हैं।" **(इबिड)**

ये मीटिंग भी सफल नहीं हुई। पहले तो तिरोत सिं ही ये कहकर कि वे बीमार

हैं, इस सभा में उपस्थित नहीं हुए। दूसरे, इसलिए कि जो सरदार इस सभा में भाग लेने आए भी थे, उन्होंने बड़े हौसले और बहादुरी के साथ शान्ति की शर्तों को मानने से इंकार कर दिया। जहां तक तिरोत सिं को हवाले करने का सवाल था, इसके लिए भी उन्होंने यह स्पष्ट रूप से जता दिया कि इस शर्त को कोई कभी भी नहीं मानेगा। **(इबिड)**

तिरोत सिं अपने रिश्तेदार जिडोर सिं (Jidor sing) को साथ लेकर गर्वनर जनरल रॉबेर्टसन के पास गए। ये साक्षात्कार 25 अक्तूबर, 1832 को हुआ। इस मिलन के दौरान ऐसा महसूस किया गया कि दरअसल जिडोर सिं उस राज को, जो तिरोत सिं की कुव्यवस्था व कदाचार के कारण अंग्रेजों ने जब्त कर लिया था को हासिल करने का प्रयास कर रहे थे। इसके बारे में पेम्बरटन ने जिडोर सिंह पर निम्न टिप्पणी की–"क्योंकि बड़ा इनाम दाव पर लगा था इसलिए जिडोर सिं तिरोत सिं को अंग्रेजों के हवाले करने अथवा कर्ज का वार्षिक रेवेन्यू के रूप में भुगतान करने के एवज में सौदा करने से सतत् इनकार करता रहा...। टैक्स लगाने की शर्तों को तो उसने पूरी तरह खारिज़ करते हुए कहा इसे वे कदापि नहीं मानेंगे।"

अंग्रेज प्रतिनिधियों ने जिडोर सिं के समक्ष माऊम्लोह (Mawmluh) को उसके अधीन देने का प्रस्ताव रखा, बशर्ते कि वह अंग्रेजों को सालाना 1500 रुपये की भेंट देता रहे। इस पर जिडोर सिं ने साथियों से राय करने के लिए 10 दिन का समय मांगा लेकिन वह दस दिन के बाद भी वार्ता के लिए नहीं आया। इसकी प्रतिक्रिया में रॉबेर्टसन ने कैप्टन लिस्टर को पहाड़ी सरदारों के खिलाफ सैनिक कार्यवाही करने का आदेश दिया।

इतिहासकार लाहिड़ी के अनुसार–"रॉबेर्टसन ने कलकत्ता परिषद् से ये अनुरोध किया था कि वे पहाड़ियों के आधारस्थल को चारों तरफ से घिरवा दें और सिलहेट से गोआलपारा को जोड़ दे। उनका अभिप्राय था कि किसी न किसी प्रकार पहाड़ी क्षेत्रों की आर्थिक नाकेबंदी कर दी जाय। इस नाकेबंदी की आज्ञा मिलते ही आर्थिक नाकेबंदी को सख्त कर दिया गया था।" **(लाहिरी रिप्रिन्ट-1975)**

लगता है इस बीच खाईरिम के राजा सिं माणिक ने तिरोत सिं को जो अब तक थक-हार चुके थे इस बात के लिए राजी कर लिया था कि अंग्रेज एक परम शक्ति हैं, उनके खिलाफ प्रतिरोध करना फिजूल है। आखिरकार तिरोत सिं के मंत्री जित रॉय के मार्फत कैप्टन इंगलिस के समक्ष समर्पण की वार्ता के लिए वे तैयार हो गए। बस एक ही शर्त उन्होंने रखी थी कि–"उनके मालिक की जान बख्श दी जाय। जब तक इंगलिस ने खासी रीति-रिवाज़ के अनुरूप तलवार की धार से

नमक उठाकर नमक नहीं खाया, तब तक ये वार्ता अंतिम नहीं मानी जाएगी।''

9 जनवरी, 1833 का दिन वार्ता के लिए निश्चित हुआ लेकिन यह शर्त रखी गई वार्ता के मिलन स्थल पर तिरोत सिं और इंगलिस दोनों बिना हथियार अपने सहायकों के साथ आएँगे। यह स्थान वार्ता से 2 घंटे पहले बताया जाना था। **(पेम्बरटन-1835)**

9 जनवरी, 1833 को ऊमछिलुंग (Oomchilung) से एक मील पूर्व नरसिंगारे (Nursingare) गांव में अंग्रेजों के सामने तिरोत सिं ने आत्मसर्मपण किया लेकिन वह दो निहत्थे सहायकों की बजाय तीर-कमान एवं भाला-बरछी से लैस 30 साथियों और 11 बाजावालों के साथ आए। ये मूल समझौते का उल्लंघन था। इसके बारे में एक बड़ी विचित्र टिप्पणी पेंबरटन ने अपनी रिपोर्ट में लिखी है– ''जब इंगलिस ने इस समझौते के उल्लंघन के बारे में ध्यान दिलाया तो तिरोत सिं के चालाक परामर्शदाता ने कहा कि–''तिरोत रिं को अकेले आत्मसमर्पण करना हमारे नायक की प्रतिष्ठा का उल्लंघन होता। जनता को ये दिखाने के लिए हमारा नायक स्वेच्छा से समर्थन कर रहा है, ऐसा करना जरूरी था।''

पेम्बरटन ने यह भी दर्ज किया है–''तिरोत सिं के समर्पण के बाद भी तिरोत सिं के कहने पर अंग्रेज प्रतिनिधि इंगलिस को तलवार की धार से नमक खाकर यह कसम दोहरानी पड़ी।'' तिरोत सिं को मायरांग (Mairang) होकर गौहाटी भेज दिया गया। इतिहासकार लाहिड़ी ने ये दर्ज किया है कि–

''अंग्रेजों का मूल निर्णय था कि तिरोत सिं को बर्मा के टेनासेरिन (Tenasserin) में रखा जाय, लेकिन कलकत्ता की परिषद् ने एजेंट के आदेश से यह फैसला बदल दिया और तिरोत सिं को ढाका में नज़रबंद कर दिया गया। बाद में यह भी आदेश दिए गए कि तिरोत सिं के साथ विशेष व्यवहार किया जाए। उनके लिए एक अलग से घर ले दिया गया और उन्हें दो नौकर रखने की इज़ाज़त भी दे दी गई। साथ ही उनके लिए 63 रुपये की मासिक पेंशन भी बांध दी गई।''

अंग्रेजों के सामने आत्मसमर्पण करते हुए भी तिरोत सिं के मन और दिमाग में अपने देश की चिंता ही भरी हुई थी। वे अंग्रेज अफसर से बार-बार अनुरोध कर रहे थे कि वे उनके देश और उनकी जनता का विशेष ध्यान रखें और उनकी रियासत का प्रशासन चलाने के लिए पर्याप्त व्यवस्था करें। यह बहुत ही मार्मिक दृश्य था। 1841 में घर से बहुत दूर, पहाड़ी इलाके में नज़रबंद रहते हुए तिरोत सिं की मृत्यु हो गई। लाहिड़ी के शब्दों में–''इस प्रकार एक महान नायक जो भारत के इतिहास में अनचीन्हा था, का अंत हो गया।''

तिरोत सिं के देश प्रेम में शंका की कोई गुंजाइश नहीं थी। तिरोत सिं को पहाड़ी

क्षेत्र के बारे में अंग्रेजों की नीयत पर शुरू से ही शक था। उन्होंने इस बात को शुरू से ही जान लिया था कि अंग्रेजों की नीयत पहाड़ी राजाओं को कब्जे में करके, अपने साम्राज्य को मजबूत करने हेतु अपनी दादागिरी के तहत लाकर अपनी कालोनियाँ बसाना था।

ये तिरोत सिं की ही गरिमा थी कि वे शुरू से ही अपनी देशज पहाड़ियों की आजादी में किसी भी कीमत पर चाहे वह कितनी भी ठोस व आकर्षक क्यों न हों, समझौता करने को तैयार नहीं था। वह निर्भीक और निडर था। वह जानता था कि उसका मुकाबला एक बहुत ही बड़े और शातिर दुश्मन से होने जा रहा है। सबसे बड़ी श्रद्धांजलि डेविड स्कॉट जैसे व्यक्ति ने खुद उन पहाड़ी सरदारों के देशप्रेम और बहादुरी के जज्बे को दी थी जो तिरोत सिं के नेतृत्व में जुट कर लड़ रहे थे। तिरोत सिं के नेतृत्व में लड़ने वाले मनभूत (Monboot), मन सिं (Man sing), लाल सिं (Lal sing), मुकैन सिं (Muken sing), बौर माणिक (Bormanik) जैसे जन्मजात वीर नेता थे। स्कॉट उनके प्रशंसक थे इसलिए उन्हें इस बात का दुःख था कि वे इन वीरों के साथ कोई शान्तिपूर्वक समझौता नहीं कर सके।

तिरोत सिं एक विलक्षण व्यक्तित्व और असाधारण संगठनकर्ता था। एक छोटी-सी रियासत का राजा होने के बावजूद भी उनका व्यक्तित्व उनकी सीमाओं से कहीं बड़ा था। यदि उन्हें एक व्यापक परिवेश में काम करने और अपनी तेजस्विता दिखाने का मौका मिलता तो वे देश के इतिहास में महान व्यक्तित्वों में से एक होते। तिरोत सिं जैसा अपने देश और पहाड़ियों के लिए गौरवपूर्ण युद्ध करने वाला कोई अन्य वीर बिरले ही होगा।

(स्रोत : द खासी कैनवास, लेखक–जे.एन. चौधरी पर आधारित)

जैन्तिया विद्रोह

प्रस्तुति : रमणिका गुप्ता

मेघालय के लोग हर 30 दिसम्बर को, ऊ क्यिांग नङबाह, जिसे अंग्रेजों ने खुलेआम फांसी पर चढ़ा देने की बर्बर करतूत की थी, का शहीद दिवस मनाते हैं। अपनी इसी करतूत को छिपाने के लिए अंग्रेजों ने उनका नाम इतिहास में दर्ज नहीं किया। भले उनका नाम इतिहास में दर्ज न हुआ हो लेकिन लोगों के मानस पर उनका नाम गुदा हुआ है।

सरकारी ऑफिसर आर.टी.रिम्बाई जो स्वयं एक प्नार खासी थे ने ऊ क्यिांग नङबाह की याद में अपने दो लेखों में उन्हें श्रद्धांजलि अर्पित करते हुए लिखा है कि–''नङबाह एक युवा देशभक्त था, जो दूसरे युवा लोगों से बहुत ही अलग, धीर और गंभीर था और अपने देश की दुर्दशा पर चिंतित था।''

ऊ क्यिांग नङबाह कौन था? क्यों इसने यह विद्रोह किया? क्यों उसका नाम इतिहास में दर्ज नहीं किया गया? इन प्रश्नों का उत्तर जानने के लिए हमे स्वर्ग कहे जाने वाले मेघालय के खासी-जैन्तिया इतिहास में कुछ पीछे जाना होगा। ऐसी क्या परिस्थितियाँ थीं कि पूरी की पूरी जनता नङबाह के बालों की कसम खा कर विद्रोह के लिए उसके पीछे आ जुटी।

अंग्रेजों को इस विद्रोह को दबाने के लिए ही सेना की छः कंपनियाँ लगानी पड़ीं थीं। इसी से अंदाजा लगाया जा सकता है कि यह विद्रोह कितना बड़ा होगा।

एचीसन ने इस दूसरे विद्रोह पर यूं कहा है–''जिसका नतीजा यह हुआ कि जनवरी, 1862 ई. में हाउस टैक्स लगने के एक साल बाद ही विद्रोह शुरू हो गया। वे इसे सिन्तेंग का दूसरा विद्रोह कहते हैं जो कई वजहों के चलते घटा।'' **(एचीसन 1909)** उन्हीं के अनुसार–''दरअसल अंग्रेजों से पहले वहां के राजा अपनी जनता से साल में एक बार हरेक गांव से एक बकरे की भेंट छोड़कर, कोई अन्य टैक्स नहीं लेते थे।'' **(इबिड)**

अलक्जेंडर मेकेंजी और एचीसन के अनुसार–"अंग्रेजों ने 1860 में हाउस टैक्स लगा दिया था, जिसके खिलाफ पूरे राज में विद्रोह की लहर फैल गई थी। यह अलग बात है कि इस विद्रोह को अंग्रेज भारी संख्या में फौजों के बल पर कुचलने में कामयाब हो गए थे। लोगों का तो ये भी मानना है कि पहाड़ी क्षेत्र की गतिविधियों में जैन्तिया का पूर्व राजा भी शामिल था लेकिन इस अफवाह को लोगों ने अधिक विश्वसनीय नहीं माना।"[1] **(मेकेंजी–1884)**

रालेट ने तो यहां तक शंका जाहिर की है कि–"इस विद्रोह में राजा इंद्र सिं का ही हाथ था। दरअसल राजा और अंग्रेज चीफ के रिश्तों में भारी कड़वाहट आ चुकी थी। इस कड़वाहट का कारण अंग्रेजों द्वारा इस राज्य के कुछ क्षेत्रों पर जबरन कब्जा किए जाने की घटना थी। इसके अलवा अंग्रेजों के अपने एजेंट के साथ दुर्व्यवहार का आरोप भी राजा पर लगाया। इससे अंग्रेज एजेंट ने केवल इंद्र सिं के क्षेत्र पर कब्जा ही नहीं किया बल्कि उसने तो राजा के व्यक्तिगत सामान को भी जब्त कर लिया था। उसने उसके खाने के बर्तन भी नहीं बख्शे थे।" इसे लोगों ने राजा के अपमान के रूप में माना।

इतना ही नहीं अंग्रेजों द्वारा लोगों के लकड़ी काटने और मछली पालन के अधिकारों को भी सीमित कर दिया गया था। **(हंटर के स्टेस्टीकल एकाउंट ऑफ असम वर्ष : 1879 एवं 1975)** खासी जैन्तिया लोगों के धार्मिक अनुष्ठानों में भी उन्होने हस्तक्षेप करना शुरु कर दिया था। मेकेंजी के अनुसार–"स्टेशन के पास मुर्दे जलाने पर भी उन्हें सिपाही तंग करने लगे थे। जिससे स्थिति बुरी से बदतर होती चली गई।"

उसके तुरन्त बाद ताबड़तोड़ तरीके से अंग्रेजों ने अपने कब्जे के भारतीय क्षेत्र में इनकम टैक्स भी लगा दिया, जिसने आग में घी का काम किया। उसी समय उन्होंने 1860 में इनकम टैक्स की लंबी-चौड़ी योजना तथा जुडीशियल स्टाम्प फार्म की प्रथा भी लागू कर दी। यह जुडीशियल स्टाम्प फार्म ऐसी भाषा में था जिसे लोग न पढ़ सकते थे, न समझ सकते थे।

हाउस टैक्स का लगना खासी जैन्तिया-गारो प्रजा की सोच के बाहर की बात थी। उन्होंने जगह-जगह इकट्ठे हो कर सभाएँ कीं और इस टैक्स का केवल विरोध ही नहीं बल्कि टैक्स देने से इंकार भी किया। 1862 में सिन्तेंग की प्रजा के एक हिस्से का यह भी कहना था कि अगर टैक्स लगाया भी जाए तो उसकी वसूली उनके अपने-अपने प्रधानों द्वारा कारवाई जाए। प्रजा के इस आवेदन के नामंजूर होते ही विद्रोह की आग भड़क उठी।

"इस विद्रोह का मुख्य केन्द्र जोवाई था, जो शिलांग शिखर से पूर्व की ओर 32 मील तक फैला है। इसे विद्रोहियों ने तीन हफ्ते तक घेरे रखा।

भीषण युद्ध हुआ, जिसमें सैकड़ों लोगों के मारे जाने के बाद ही अंग्रेज इसे मुक्त करा पाए।"

इस विद्रोह का नायक ऊ क्यिांग नङबाह भी बहादुरी में खासी के दूसरे नायक तिरोत सिं से कम नहीं था। नङबाह को सिन्तेंग का तिरोत सिं भी कहा जाता था। यह जाहिर है कि नङबाह ने भी अपने पुरखों से अपने बचपन में अंग्रेजों द्वारा धोखे से जैन्तिया राज को कब्जे में लेकर राजा को हटाने की बातें सुनी होंगी। टैक्स का लगना तो एक बहाना बना था, जिसने चिंगारी को हवा देकर लपटों में बदल दिया। लोगों के मन में जैन्तिया राजा को अंग्रेजों द्वारा धोखे से हटाए जाने को लेकर भी भारी आक्रोश था।

ऊ क्यिांग नङबाह ने स्पष्ट शब्दों में ये घोषणा कर दी थी कि अंग्रेजों से कोई भी समझौता तब तक नहीं होगा जब तक वे टैक्स से मुक्ति, राजा के राज की वापसी और अंग्रेजी फौज और पुलिस को उनके राज से वापिस लौटाने को तैयार नहीं होंगे।

दरअसल नङबाह एक अज्ञात विद्रोही के रूप में 1860 के पहले वाले विद्रोह में ही शामिल हो गये थे। इसलिए वे उस विद्रोह में मारे गए अन्य नेताओं की तरह नहीं मारे जा सके थे। उस समय वे एक सिपाही मात्र थे। उस विद्रोह का बुरी तरह से कुचला जाना भी उन्हें हतोत्साहित नहीं कर पाया और न ही उसके मन के भीतर लगी आग को दबा सका। वे एक गंभीर चिंतक थे, इसलिए उन्होंने उस विद्रोह की असफलता के कारण खोजने शुरू किये और यह महसूस किया कि संगठन और नेतृत्व के अभाव के चलते ही पहला विद्रोह असफल रहा। इसलिए सबसे पहले उन्होंने गांव-गांव जाकर भारी पैमाने पर लोगों को संगठित करने और प्रतिरोध सिखाने का काम शुरू किया। उन्होंने डालोइशिप (Daloiship) में जाकर इस लक्ष्य के लिए लोगों का समर्थन भी हासिल करना शुरू किया। यह सचमुच उल्लेखनीय है कि वे न केवल अपने इस अभियान में कामयाब हुए बल्कि अंग्रेजों की खुफिया पुलिस को उसकी गतिविधियों का पता तक भी नहीं चला। चूंकि 1860 के पहले विद्रोह में ही अंग्रेजों ने सभी नेताओं को गिरफ्तार कर लिया था, इसलिए अंग्रेजों ने सोचा शायद सब डर गए हैं, इसलिए अब वे कभी भी विद्रोह नहीं करेंगे। फलतः अंग्रेज इस तथ्य से बिल्कुल बेखबर और लापरवाह हो गए थे। जब अंग्रेजों को एकाएक बहुत बड़े पैमाने पर एक संकल्पबद्ध विद्रोह की लहर का सामना करना पड़ा तो वे भौंचक्क रह गए। बड़े पैमाने पर उठे इस बहुमुखी विद्रोह की लहरों को दबाने के लिए अंग्रेजों को जितनी बड़ी तादाद में अपनी फौजें इकट्ठी करके लगानी पड़ीं, उसी से इस विद्रोह की विराटता का अंदाजा लगाया जा सकता है।

शुरू से ही नङबाह इस बात के लिए बहुत सावधान रहा और उसने इस बात का खास ख्याल रखा कि समय से पहले न तो कोई मुकाबला होगा और ना ही उनकी तैयारियों की किसी को भनक लगेगी अर्थात् उनकी सारी तैयारियाँ बहुत ही गुप्त तरीके से की गई। वे अपने साथियों को बिना अपनी इजाज़त के नाहक ही किसी भी बात पर लड़ाई में कूद पड़ने या जूझने से रोकने में सफल रहे। इस पर आर. टी. रिम्बाई का कहना है–"उन दिनों सभी के सभी जैन्तिया अनपढ़ थे लेकिन उनके अपने संकेत और व्यवस्था थी, जिससे वे एक गांव से दूसरे गांव में संदेश भेज सकते थे। ये संदेश वे बेतों में गांठें बांधकर खास स्थिति में रोड के किनारे खड़ा कर देते थे या नगाड़ा बजाकर अथवा अन्य संकेतों एवं चिन्नों के माध्यम से खबर भेज देते थे। उन्होंने अपने सिर के बालों की पवित्र कसम खाई थी कि वे नङबाह के नेतृत्व में ही लड़ेंगे और बिना उनके आदेश के जल्दीबाजी में कोई भी कदम नहीं उठाएँगे।"

सिन्तेंग के लोगों की बहुत समस्याएँ और शिकायतें थीं। इनके प्रति अंग्रेज बहुत बर्बर थे। वे जान-बूझकर पहले से ही बुरी स्थिति को बद से बदतर कर रहे थे। इतिहासकार पुजारी के अनुसार–"दूसरी तरफ डिप्टी कमिशनर मेजर रॉलेट (Rowlatt) ने बहुत से ऐसे अलोकप्रिय कदम उठाए, जिससे स्थिति और भी बिगड़ गई। 1960 में विद्रोह के शुरू होते ही उसने लोगों को आंशिक तौर से शस्त्र-विहीन कर दिया और उनकी तलवारें और ढालें जब्त कर लीं। सिन्तेंग के लोग अपने हथियारों से भावनात्मक तौर पर बहुत अधिक जुड़े होते हैं। वे अपने हथियारों को बहुत महत्त्वपूर्ण मानते हैं। ये हथियार उन्हें न केवल जंगली जानवरों से भरे उस क्षेत्र में अपनी सुरक्षा के लिए चाहिए होते हैं बल्कि उनका होना उनकी इज्जत का सवाल माना जाता है। अंग्रेजों के इस कदम से वे भड़क उठे। इस बात से वे बहुत ही आहत हुए जब उन्होंने अपनी आंखों के सामने ही देखा कि उनकी तलवारें खुलेआम बेची या तोड़ी जा रही हैं और उनकी ढालें भट्टी में जलाई जा रही हैं।"

विद्रोह के मुकदमे की सुनवाई के दौरान ऊ क्यिांग नङबाह ने कमिशनर के आगे जो बयान दिया था, उससे भी इस बात की पुष्टि होती है कि अंग्रेजों द्वारा खासियों के धार्मिक अनुष्ठानों में हस्तक्षेप भी विद्रोह का एक बड़ा कारण बना था। नङबाह का बयान था–"यह सही है कि इनकम टैक्स के लगने से लोगों को बहुत बुरा लगा और उनका विश्वास सरकार से उठ गया लेकिन इस विद्रोह का तात्कालिक कारण था, हमारे धार्मिक अनुष्ठानों में हस्तक्षेप।" **(बारापारी 1976)**

दरअसल ये विद्रोह, दारोगा या स्थानीय पुलिस अधिकारी द्वारा जालोंग गांव में लोगों द्वारा मनाए जा रहे धार्मिक उत्सव में हस्तक्षेप के कारण ही भड़का। ऐसे उत्सवों में हथियार लेकर नृत्य करना जरूरी होता है। लेकिन पुलिस दारोगा ने सभी

नर्तकों को निरस्त्र करने का जिम्मा अपने ऊपर ले लिया। यही आम विद्रोह का स्रोत साबित हुआ। घटना यूं घटी।

4 दिसम्बर, 1861 को हस्बेमामूल जैन्तिया जन अपने पास्तेह नामक धार्मिक उत्सव में शामिल हुए, जिसमें उनके नर्तक अपनी तलवारें और ढालें चलाते हुए आते हैं। उन नर्तकों ने हमले के बाद अपने सैनिकों की वापसी का एक मूकाभिनय भी मंचित किया। अंगेजों ने पहले से ही इसके बारे में सुन रखा था। इसलिए उन्होंने सशस्त्र पुलिस के एक दल को देखने और जरूरत पड़ने पर शान्ति कायम रखने हेतु वहां तैनात कर दिया था। उनमें से कुछ अति उत्साही सिपाहियों ने इस मूकाभिनय में हस्तक्षेप करने की असफल कोशिश की लेकिन भारी भीड़ के चलते अल्पसंख्यक हो जाने के भय के कारण वे उनके नजदीक नहीं जा पाए। सिपाहियों की इस हरकत से लोगों में गुस्सा तो भड़का लेकिन उन्होंने अपना गुस्सा पी लिया। ऊ क्यिांग नङबाह ने महसूस किया कि अब पटकनी देने का अन्तिम समय समीप आ पहुंचा है, इसलिए उन्होंने डोलोई जनों को एक गुप्त सन्देश भेज कर सावधान कर दिया।

अगले ही दिन जोवाई पुलिस स्टेशन के पास पुलिस ने एक शव-यात्रा ले जाने वाले समूह को रोक दिया। यह लोगों के सब्र की इंतहा थी चूंकि अब लोग अपने पवित्र अनुष्ठानों में इस प्रकार के हस्तक्षेप और सहन करने को तैयार नहीं थे।

रॉलेट (Rowlatt) ने फिर तत्काल आदेश निकाले और जोवाई के लोगों को आदेश दिया कि वे सैनिक आउट पोस्ट के पास अपने पुराने श्मशानघाट में मुर्दे नहीं जलाएँ। आदेश में यह भी लिखा था जो इस आदेश को नहीं मानेगा, उसे सख्त से सख्त सजा दी जाएगी। दरअसल गांव के बीचोंबीच सैनिक चौकी के बनाए जाने पर भी लोगों को भारी आपत्ति थी। जैसे ही सैनिक चौकी बनी, उसके तत्काल बाद ही वहीं पर एक स्कूल भी बना दिया गया और सिन्तेंगवासियों से कहा गया कि वे सब ईसाई बन जाएँ और पूजा की अपनी प्रतिष्ठित और प्रत्याशित विधियों को मानना छोड़ दें। यह भी कहा गया कि सभी मां-बाप जो अपने बच्चों को स्कूल पढ़ने नहीं भेजेंगे या कोई भी लोग जो पुरानी विधि से पूजा करते पाए जाएँगे, उन्हें भारी अफसोस होगा और नुकसान झेलना पड़ेगा। ईसाई मिशनरी टी.जोंस का कहना है–"दरअसल उनकी हर प्रकार की पुरानी शिकायतें सभी दिशाओं में बारूद का ढेर बनकर फैल गई थीं, जिन्हें पुलिस के दारोगाओं ने बस तीली लगाने का काम किया, जिससे सारा प्रदेश जल उठा।"

ऊ क्यिांग नङबाह को भी महसूस हो गया कि अब लोगों के गुस्से पर काबू पाना मुश्किल है। उसने डालोई (पुजारी जमात) लोगों को संघर्ष शुरू करने का

संकेत भेज दिया, जिसकी शुरुआत सरकारी हथियार रखने के गोदाम और थाने पर हमले से हुई। जोवाई (Jowai) के थाना और पुलिस स्टेशन जला दिए गए। अंग्रेजों की सैनिक छावनी घेर ली गई और अंग्रेजों की हुकूमत को पहाड़ी इलाके से बुहार दिया गया। जब तक हुकूमत इस हमले को रोकती, तब तक हमलावर उसे काफी नुकसान पहुंचा चुके थे। लड़ाकू लोग बाड़ के पीछे जा छुपे और बाकी लोगों तथा महिलाओं, बच्चों और बूढ़ों को सुरक्षित जगह पर पहुंचाने के लिए मिंटडू (Myntdu), मिंतुसा (Myntusa) और मिंक्रेम (Myngkrem) के गहन जंगलों और भीतर की पहाड़ियों, नदियों और गहरी घाटियों में ले जाकर सुरक्षित पहुंचा आए। अंग्रेज सरकार ने इस मकसद से कि ऊ क्यिांग नङबाह के लड़ाकू साथियों को, जो जोवाई (Jowai) की रक्षा कर रहे थे, उनके अपने प्रभाव के जैसे– मिंसो (Mynso) शांगपुंग (Shangpung), रालियांग (Raliang), नारत्यिांग (Nartiang), बोराते (Borate), मोकायाओ (Mokaiaw), सुतंगा (Sutnga) तथा अन्य गढ़ों से मदद न मिल सके, उपरोक्त सभी स्थानों पर अपनी सेना भेज दी।

जहां-जहां अंग्रेजी सेना गई, वहां-वहां उसे प्रतिबद्ध जनता का मुकाबला करना पड़ा। ऊ क्यिांग के लड़ाकू साथी अंग्रेजी सेना से, जो बहुत हथियारों से लैस थी, सीधे मुकाबले से बचते हुए गुरिल्ला तरीके से हमला करते थे। वे जगह-जगह घात लगाकर अचानक उन्हें घेर कर, हमला करने में परंपरागत थे।

ऊ क्यिांग की फुर्ती तथा तुरत-फुरत हर जगह पहुंचकर प्रतिरोध को संगठित करने और साथियों को प्रेरित करने की क्षमता से अंग्रेज हतप्रभ थे। दरअसल अंग्रेजों के शत्रु छिप कर वार करने और पकड़ में न आने वाले मायावी (Elusive) लोग थे, जिससे अंग्रेज सेनाएँ परेशान-परेशान हो गई थीं और लड़ाई को लंबा खिंचता देख हतोत्साहित भी हो रही थी।

1862 की 7 नवंबर की रात को विद्रोहियों के एक झुंड ने (तेराघाट) (Terraghat) गांव पर हमलाकर एक सिपाही और दो लोगों की हत्या कर दी। विद्रोहियों को रोकने हेतु लेफ्टिनेंट वर्सले डी.एस.पी. के साथ अपनी टुकड़ी को लेकर बोरपूंजी (Borpunji) पहुंचा। पहुंचते ही उस पर विद्रोहियों ने हमला कर दिया, मगर इस प्रतिरोध को कुचल दिया गया। 12 नवंबर को डंस फोर्ड (Duns Ford) के नेतृत्व में सेना के पहुंचने से स्थिति में कुछ बदलाव आया। सिटेंगर कू लोगों ने ऊमकी (Oomki), ऊमक्रोंग (Oomkrong), नंगब्राई (Nongbrai) स्थानों पर बहादुरी से सेना का मुकाबला किया लेकिन अंग्रेज सेना की गोलियों की बौछार के आगे वे खास कुछ नहीं कर पाए। सिन्तेंग *लोग* अपनी आजादी के लिए बहादुरी से लड़े और शुरू-शुरू में पुलिस और सेना की छोटी-छोटी टुकड़ियों का सफाया

करने में भी कामयाब रहे लेकिन उनके हथियार थे तीर-धनुष। पूर्वोत्तर की बाकी पहाड़ी जनजातियों की तरह ही वे अपने बचाव के लिए गांव के रास्ते में मजबूत घेरा बनाने हेतु एक-दूसरे के पीछे नोंकदार बल्लियाँ लगा कर रास्ता रोक देते थे। वे घने पेड़ और पंजियाँ तथा बांस के नुकीले भालेनुमा कोण भी जमीन में गाड़ देते थे। उनके बचाव का यही तरीका था।

इतिहास के आरम्भ से ही देशों ने नायक के साथ-साथ देशद्रोही भी पैदा किए है। पूर्वोत्तर का स्वर्ग कहे जाने वाले मेघालय के प्रदेश में अंग्रेजों ने कुछ जैन्तिया लोगों को भाड़े पर अपने तहत रख लिया था। ऐसे एक आदमी का नाम था ऊ सिन्मोन (U Sinmon) जिसे आज भी लोग घृणा से ऊ सिन्मोन फारेंग अर्थात् फिरंगी सिन्मोन भी कहते हैं। ऊ क्यिांग नङबाह (U Kiang Nongbah) जैसे योद्धा को अंग्रेजों को पकड़वाने में यही गद्दार ऊ सिन्मोन फारेंग औजार बना। अंग्रेज लोग यह बखूबी जानते थे कि ऊ क्यिांग को पकड़े बिना युद्ध समाप्त हो ही नहीं सकता।

ठीक उसी समय जब अंग्रेजी सेनाएँ थक-हारकर निराश हो रही थीं और युद्ध को बंद करना चाह रही थीं–ऊ क्यिांग नङबाह अपने दोस्त के घर मिंसो में गहन पहरे में बीमार पड़ा हुआ था। ऊ क्यिांग का एक बहादुर, अतिविश्वसनीय अनुयायी ऊ डालोइ (U Daloi) तिंगकेर (Tyngker) परेशान, बीमार और बेहाल औरतों, बच्चों और बूढ़ों की हालत देखकर विचलित हो गया था। लोग अपनी खेती-बाड़ी करना छोड़ चुके थे और खाने का सब भंडार भी खत्म हो रहा था। तिंगकेर जो यह जानता था कि ऊ क्यिांग कहां पर है, शांति वार्ता के लिए चोरी छिपे समझौता करने अंग्रेजों के पास जा पहुंचा लेकिन जाने के पहले वह यह सब ऊ क्यिांग को बताने की हिम्मत नहीं जुटा पाया।

उसने अंग्रेजों की ईमानदारी पर भरोसा कर लिया। अंग्रेजों ने उसे यह विश्वास दिलाया था कि यदि ऊ क्यिांग आकर समर्पण कर देगा तो उसे कोई क्षति नहीं पहुंचाएँगे। हताशा के एक क्षण में तिंगकेर ने अंग्रेजों के सामने अति गोपनीय रखे गए, नङबाह के छिपने के ठिकाने को उगल दिया। अंग्रेजों ने तत्काल योजना बनाई। उन्होंने शांगपुंग (Shangpung) पर फिर से इस मकसद के साथ हमला कर दिया कि जो लोग मिंसो में अपने नेता के रक्षार्थ तैनात हैं, वे हमलावरों का मुकाबला करने के लिए अपने नेता को छोड़कर शांगपुंग आ पहुंचेंगे। उनकी योजना सफल हुई। रक्षा और बचाव में लगे हुए सारे साथी अपने कुछ साथियों को अपने नेता के पास छोड़कर, अंग्रेजी सेना से लोगपुंग के रक्षार्थ आ जुटे। अंग्रेजों ने बिना समय गंवाए, सेना की एक टुकड़ी को गद्दार ऊ सिन्मोन फारेंग (U Sinmon Phareng) के निर्देशन में मिंसो की तरफ विदा कर दिया। नङबाह के बचाव में लगे सब साथी

अनजाने में पकड़ा गए और ऊ क्यिांग नङबाह को गिरफ्तार कर लिया गया।

आगे की सारी की सारी कथा अंग्रेजों की कमीनगी का एक छोटा सा लेकिन अप्रतिम उदाहरण है। वे ऊ क्यिांग को यह कहने के लिए बाध्य करने लगे कि वे ये घोषणा करें कि वे अपनी स्वेच्छा से आत्मसमर्पण कर रहे हैं और वे अपनी गलती भी मानें। उन्होंने उन्हें बहुत लालच भी दिया कि वे हिंसा का पथ छोड़ दें और उनके साथ समझौता कर लें लेकिन नङबाह अपनी बात पर डटे रहे और कुछ भी लिखकर देने से सतत् इंकार करते रहे।

फिर अंग्रेजों ने नकली सुनवाई आयोजित की और ऊ क्यिांग नङबाह को फांसी की सजा सुनाई। 30 दिसंबर, 1962 का दिन ऊ क्यिांग को खुलेआम फांसी पर चढ़ाने के लिए तय किया गया। जनता को हर तरह की धमकियाँ देकर प्रताड़ित किया गया और उन्हें बोनेट के बल पर, फांसी के स्थल पर जबरन लाया गया ताकि वह अपने उस प्यारे नेता को, जिसका नाम उसके रोम-रोम में बस गया था, फांसी पर चढ़ता देखे। एक अनोखे न्याय की भावना से प्रेरित होकर न जाने कैसे अंग्रेजों ने ऊ क्यिांग नङबाह को फांसी पर चढ़ाने से पहले स्थल पर एकत्रित जनता को संबोधित करने की इजाज़त दे दी थी। वह जनता–जो सिर झुकाए हुए अनंत दुःख से भरी उसे फांसी पर चढ़ता देखने के लिए जबरन खड़ी की गई थी, आज फांसी पर चढ़ने वाले दिन भी, मौत के मुकाबिल खड़ा होने पर ऊ क्यिांग के हौसले, बहादुरी और दृढ़ता के साक्षात् दर्शन कर रही थी। यू क्यिांग नङबाह के हौसले की कथाएँ आज भी वहां के माहौल की हवाओं में सरसरा रही हैं।

हम आर. टी. रिम्बाई के शब्दों में उस कथा को बताएँगे, जो आज एक लिजिन्द्री बन गई है–"ऊ क्यिांग नङबाह जब फांसी के तख्ते पर चढ़ने लगे तो उन्होंने वहां एकत्रित अपने रोते हुए देशवासियों से अपना हौसला, आस्था या विश्वास और उम्मीद बनाए रखने के लिए कहा। उन्होंने कहा–'रस्सी खींचे जाने पर यदि उनका मुंह पूर्व की तरफ घूम गया तो समझना कि उन्हें 100 वर्ष बीतते-बीतते आजादी फिर से मिल जाएगी और यदि उनका मुंह पश्चिम की ओर घूम गया तो वे सदा के लिए गुलाम बन जाएँगे...।' स्तब्ध लोगों ने शायद ही कुछ ऐसा घटता देखा हो लेकिन वहां का अंतिम आदमी भी यही कहता है कि उसने ऊ क्यिांग का मुंह पूर्व की ओर घूमते देखा है।"

अंग्रेजों ने जब तक जंगल, झाड़ और घाटियों के कोने-कोने को छान नहीं मारा और अंतिम विद्रोही को पकड़कर फांसी पर नहीं चढ़ा दिया ताकि विद्रोह पूरी तरह कुचला जा सके, तब तक वे चुप नहीं बैठे।

खासी विद्रोह के वीर बांकुड़े

प्रस्तुति : हैमलेट बारेह न्गपकाइंटा
अनुवाद : अक़ील क़ैस

खासी विद्रोह की बात करते ही तिरोत सिं का चित्र मन में आ जाता है। परंतु मेघालय के कई अन्य राजाओं ने इस संघर्ष में बड़ी प्रभावशाली भूमिका निभाई हालांकि उन्हें प्रेरित करने का श्रेय भी तिरोत सिं को ही जाता है। उन वीर योद्धाओं को भी अपनी मातृभूमि की रक्षा के लिए याद किये जाने की ज़रूरत है। प्रस्तुत विवरण उन महावीरों का ही है। उन वीर बांकुड़ों की चर्चा से पहले उस विद्रोह के पूर्व की परिस्थितियों का जायज़ा लेना जरूरी है।

योद्धाओं ने इसका बदला लेने के लिए सामान की आपूर्ति को बाधित कर दिया, हालांकि उन्होंने अपने लिए कई अन्य रास्तों से सामान की आपूर्ति बनाए रखी। स्थिति फिर भी निराशाजनक थी क्योंकि अंग्रेजों द्वारा कई लोगों पर कठोर दंड लगा दिए गए थे। कई लोग तो भूख से मर गए। गांव के गांव निर्जन हो गए और लोगों ने भाग कर जंगलों में शरण ली। घर-बार तो लुटा ही, धन संपत्ति से भी हाथ धोना पड़ा। जिस प्रकार से आक्रमण तथा हमले किए गए थे, उससे पता चलता है कि सरदारों द्वारा मैदानी क्षेत्र के अपने राज्यों पर नियंत्रण बनाए रखने के लिए जी तोड़ कोशिश की गई थी। युद्ध ने मुक्ति आंदोलन का रूप ले लिया और 1830 तथा 1831 में इसके प्रणेताओं ने असम को स्वतंत्र कराने का प्रयास किया। किंतु वह आंदोलन दबा दिया गया। खासी लोगों को मैदानी क्षेत्रों में व्यापारिक गतिविधियाँ चलाने की अनुमति तो दे दी गयी थी पर सीमित रूप में। उनका प्रशासनिक नियंत्रण समाप्त कर दिया गया, जिससे उनके आंदोलन का लक्ष्य अपने-अपने राज्यों के व्यापारिक एकाधिकार तथा सार्वभौमिक स्थिति को सुरक्षित रखना भर रह गया।

तिरोत सिं के मित्र राज्यों ने अपनी स्थिति मज़बूत बनाए रखी। कुछ राज्यों में तो दुर्गम पर्वत तराइयों के कारण युद्ध लंबा खिंच गया, किंतु अन्य राज्यों में

वहां के सिएमों ने चतुर्दिक दबाव के आगे पहले ही समर्पण कर दिया था। कुछ पराजित राजाओं, जैसे कि 'मुकेन', 'बोर मानिक' और 'लोरशोन' ने अपना राज्य छोड़ दिया और वे आंदोलन को मजबूत बनाने के लिए पलायन कर गए। वस्तुतः इन तीन राजाओं ने आन्दोलन में अपनी प्रमुख भूमिका तिरोत सिं के गिरफ्तार होने तक निभायी। तिरोत सिं के निर्वासन के बाद भी कई लोग महारम के राजा 'यू संगप' जो अंग्रेज सत्ता के विरुद्ध 1839 तक विद्रोह का झंडा उठाए रहे थे का साथ देते रहे।

ब्रिटिश सरकार ने लोगों की अतिशय देशभक्ति की भावना का आदर करते हुए उनके राज्यों को समय-समय पर स्वीकार किए गए संधिपत्र की शर्तों के अनुरूप स्वतंत्र और अर्द्धस्वतंत्र राज्यों के रूप में बनाये रखा।

तिरोत सिं ने स्वतंत्रता आंदोलन के संचालन में विराट नेतृत्व कौशल का प्रदर्शन किया। उसके मित्र राज्यों में जो प्रमुख राजा थे उनकी गाथाएँ नीचे दर्ज हैं।

1. शिलांग के राजा यू बोर मानिक

बोर मानिक, 'अस्सेम चिलांग' यानी शिलांग के सिएम थे। बर्मा द्वारा असम को जीत लिए जाने पर उन्हें आघात पहुंचा था। बाद में ब्रिटिश सरकार के विरुद्ध उन्होंने बर्मी सरकार की सहायता की। उन्होंने स्कॉट के साथ 1828 में युद्ध किया। इस प्रकार ब्रिटिशों से युद्ध करने वाले वे प्रथम सिएम थे।

इस महान सिएम ने विदेशी ख़तरे को महसूस करते हुए यू सिंग मानिक को लांगकाइरदेम स्थित खाइरिम मुख्यालय से बुलावा भेजा और नौंगक्रेम के युवराज के रूप में अपने साथ मिल जाने के लिए कहा। इस प्रकार उन्होंने खाइरिम तथा माइल्लिएम नामक दो विभाजित राज्यों को मिला कर, शिलांग राज्य की एकता पुनर्स्थापित कर दी। उन्होंने काफ़ी सक्रिय जीवन जिया और व्यापार, वाणिज्य, उद्योग आदि स्थापित करने की कोशिश भी की। इससे पहले कि उनका यह प्रयास सफल होता, नौंग्ख्लॉव में विद्रोह हो गया। 1830 में संधिपत्र पर हस्ताक्षर करने को बाध्य किए जाने के पश्चात उन्होंने राज्य सिंहासन त्याग दिया और तिरोत सिं के साथ हो लिए। तिरोत सिं के राज्य के पतन तक वे उनके साथ रहे। राज्य त्याग के बाद सिंह मानिक शिलांग के सिएम बन गए। उन्होंने अंग्रेजों तथा लड़ाकू विद्रोहियों के बीच सुलह के लिए उनके प्रयास के बावजूद माइलिएम एवं खाइरिम का अन्तिम रूप से दो भागों में बंटवारा हो ही गया।

बोर मानिक ने देश को अंग्रेजों के चंगुल से छुड़ाने के लिए उल्लेखनीय योगदान दिया। उन्होंने शक्तिशाली सिएम का पद तो छोड़ ही दिया साथ-साथ धन, पद एवं सत्ता के प्रस्तावों को भी नकार दिया। इसकी बजाए उन्होंने अपने देश को विदेशी जुए से मुक्त कराने के कठिन कार्य तथा उससे जुड़ी चुनौतियों को स्वीकारा। एक विशिष्ट सेनानायक होने के साथ-साथ, वे एक मंझे हुए कूटनीतिज्ञ भी थे। उन्होंने सभी प्रकार के जोखिम तथा बाधाओं के बीच दूरस्थ देशों से संबंध बनाए ताकि बार-बार देश में हो रहे विदेशी आक्रमणों का सक्षम प्रतिरोध किया जा सके। अन्य सिएमों के साथ-साथ तिरोत सिं से उन्होंने निकटतम संबंध बनाए रखा।

2. राम्ब्राय के शासक 'जिबोर'

जिबोर राम्ब्राय के शासक थे। अंग्रेजों के साम्राज्यवादी विस्तार के ख़तरों को भांप कर, उनके विरोध में बने गठबंधन में शामिल होने वाले वे प्रथम सिएम थे। डेविड स्कॉट तथा कैप्टेन एफ.जी. लिस्टर खुद को सोहरा में स्थापित कर लेने के बाद अपनी फ़ौजें लेकर नौंग्ख्लॉव की ओर कूच कर गए। वहां एक ख़ूनी युद्ध हुआ। उन्होंने सिलहट तथा असम से अतिरिक्त कुमुक मंगवाकर राम्ब्राय पर भीषण प्रत्याक्रमण कर दिया। राम्ब्राय के वफ़ादार सैनिकों ने पहाड़ी तथा मैदानी क्षेत्र, दोनों में वीरतापूर्वक युद्ध किया। किन्तु अन्ततः जिबोर को पराजित हो गया। उनकी हार के तुरंत बाद ही तिरोत सिं ने एक लंबा गुरिल्ला युद्ध शुरू कर दिया था।

3. राम्ब्राय के लोरशोन

युद्ध में राम्ब्राय को बड़ी क्षति उठानी पड़ी। आधुनिक असम के तीन भूखंडों पर अंग्रेजों का आधिपत्य हो जाने से लोग बहुत ही दुखित हुए। जनता 1829 ई. की संधि को एक ऐसा ही व्यक्तिगत मामला मानती थी, जिसमें जिबोर शामिल थे। आख़िर जिबोर के एक संबंधी ने ही उनकी हत्या कर दी और सत्ता हथिया ली। इस प्रकार अंग्रेजों के विरुद्ध आंदोलन फिर से जीवित हो उठा। 1830 तथा 1831-32 में निम्न असम में अंग्रेजों पर आक्रमण हुआ, जिसका उद्देश्य दवारा को वापस कब्जे में लेना और अंग्रेजों का सफ़ाया करना था। उसके पीछे प्रेरक शक्ति के रूप में लोरशोन ही थे। 1833 के शरद ऋतु में अंततः उन्हें भी अंग्रेजो की शर्तें स्वीकार करनी पड़ीं।

4. मारियॉ के यू. लार.

आंदोलन के पहले नौ महीने के दौरान संघर्ष करने वाले अन्य मित्र राजाओं में यू लार प्रसिद्ध राजा थे। 1829 की संधि पर उन्होंने भी हस्ताक्षर किए थे।

5. महाराम के यूराम सिं

सशस्त्र आंदोलन में अंत तक राम सिंह ने युद्ध में प्रमुख भूमिका निभाई, पर वे भी 21 नवंबर 1832 को चमटोला की संधि स्वीकार करने को बाध्य हुए।

6. शेल्ला के यूक्सन, यू सूमेन, यू बीर और यू मिहस्नगी खाइन

तिरोत सिं को मज़बूत समर्थन देने वाले ये चार 'वाहदादर' थे। कैप्टन लिस्टर के सोहरा पहुंचने को इन चारों ने विफल कर दिया था। मॉसमाय मुकेन, मुस्तोह ताइरना, ताइनरॉग, नोंगवार सरदारों और अन्य पक्षों के निकट सहयोग से ही उन्होंने युद्ध कार्रवाइयाँ चलाईं। लेकिन वे भी 1829 की संधि में अंग्रेजों की शर्तें स्वीकार करने को मजबूर हुए।

मिहस्नगी ने अच्छी शिक्षा प्राप्त की थी तथा संस्कृत में विद्वता प्राप्त करने के अतिरिक्त वे अंग्रेज़ी भाषा में बात करने की योग्यता भी रखते थे।

7. यू फार भोवाल के

यू फार मोवाल के आंदोलन के अंत तक संघर्षरत रहने वाले साइएम थे।

8. मलय सोहमत के यूक्सन

यू फार की तरह यूक्सन भी अंत तक अंग्रेजों से युद्धरत रहे पर 1832 के अंत में उन्हें भी उनकी शर्तें माननी पड़ीं।

9. मौसिनराम के यू अदोर

मौसिनराम के यू. अदोर ने अंग्रेजों का कड़ा प्रतिरोध किया। किन्तु 1831 में वे भी अंग्रेज सरकार का आधिपत्य स्वीकारने को विवश हुए।

10. मॉस्माय के यू मुकेन

जिस समय सोहरा के 'दुवान' ने आसपास के पहाड़ी क्षेत्र पर आधिपत्य जमाने में डैविड स्कॉट की मदद की थी,उस समय मुकेन तिरोत सिं के दृढ़ समर्थक बनकर खड़े रहे। यू मुकेन मॉसमाय पर ब्रिटिशब शासन के काबिज हो जाने के बाद भी उन्होंने चार साल तक लंबी गुरिल्ला लड़ाई लड़ी। तिरोत सिं और मनभूत अपने युद्धबंदियों के साथ सहृदयतापूर्ण व्यवहार करते थे लेकिन इसके विपरीत यू मुकेन क्रूर तथा रक्तपिपासु थे। अंग्रेजों के साथ संघर्ष त्याग कर उन्होंने उनके समक्ष समर्पण कैसे और क्यों किया—यह स्पष्टतः ज्ञात नहीं है। कहा जाता है कि ब्रिटिश ईस्ट इंडिया कंपनी का एक ठेकेदार तथा माल आपूर्ति फयूनविक 1832 की शरद ऋतु में आया था। उसने ही यू मुकेन को अपने छह सुरक्षा गार्डों के साथ युद्ध-संधि करने को मनाया। समर्पण के बाद वे सिलहट में मासिक पेंशन पर निर्वासन का जीवन जीये। एक अन्य अनुश्रुति इस कहानी का खंडन करती है। इसके अनुसार ब्रिटिश सरकार ने छल कर मुकेन को गिरफ्तार कर लिया था।

11. वाहलोंग के यू सुक और लुक

लुक सोहरा के उपराजा थे और 'वाहलोंग' में उनका निवास था। सोहरा के राजा लुक मुकेन के सहयोग के कारण सरकारी कार्यालयों तथा संस्थानों पर आक्रमण करने में अगुआ रहे। दक्षिण में युद्ध को लंबे समय तक चलाए रख़ने में उनकी महत्वपूर्ण भूमिका रही। अंग्रेजों के लिए तो वे हमेशा एक ख़तरा बने रहे और अंग्रेज भी उन्हें जितना तलाशते रहे, उतना ही ज़्यादा वे उन्हें परेशान करते रहे। अंतिम चरण में सोहरा के दुवान ने अंग्रेजों की ओर से उन्हें समाप्त करने का बीड़ा उठाया। उसने गुप्त सूचनाएँ इकट्ठा कर युद्ध के दौरान ही उन्हें शहीद कर उनका सिर काट कर डेविड स्कॉट को भेंट कर दिया। इस ग़द्दारी के रूप में दुवान के बेटे यू सोमर गिरि को ब्रिटिश सत्ता के अधीन वाहलोंग, सोब्बर तथा बायरौंग को प्रशासनिक मुखिया बना दिया।

12. जाइरन्गम के यू. पोक्को झलूक

पोक्को झूलूक ने 1831 की बुंगोग की लड़ाई में सरकारी इमारतों को जलाकर नष्ट कर दिया था। वे भी 4 मई 1831 को अंग्रेजों के साथ संधि करने को बाध्य हुए।

13. बोको के 'यू रू'

1830-31 के संघर्ष के योद्धा नेताओं में यू रू अग्रणी थे। वे भी मई 1831 में संघर्ष छोड़ सरकारी शर्तों के मानने को बाध्य किए गए थे।

14. रूंगशू के 'यू सिमदू'

ये प्रसिद्ध नेता और योद्धा थे मगर उन्हें अंततः सरकारी संधि स्वीकार करनी पड़ी।

15. मुकुट के यू सिमतू सिं तथा जुब्बुर सिंह

असम में अंग्रेजों के सरकारी स्थापनों में विध्वंस मचाने में दोनों ख्यात रहे। असम विद्रोह में सिमत सिं के प्रभावकारी नेतृत्व की महत्त्वपूर्ण भूमिका रही थी।

16. पनबारी के राजा यू लुंग

असम घाटी तथा पश्चिमी पहाड़ी क्षेत्र में तबाही मचाने के लिए राजा यू लुंग ने अत्यन्त प्रसिद्धि पाई थी।

17. रूंगशू के शेबा राजा के भतीजे राजा यू सुन्दू

नोग्सटौइन के सिएम के भतीजे सुन्दू को अंग्रेजों ने फंसाया और स्वतंत्रता संघर्ष में शामिल होने के लिए दंडित किया।

18. नोग्स्टोइन के यू मित सिं काला राजा

वे एक बड़े राज्य के सिएम थे, जिनके अधीन कई उपराजा थे। शुरू में तो वे स्वतंत्रता संघर्ष को लेकर तटस्थ रहे किंतु अंग्रेजों की सफलता को देख कर वे उनके विरुद्ध संघर्ष में शामिल हो गए। इस स्वतंत्रता संग्राम को जीवित रखने में उन्होंने महत्त्वपूर्ण भूमिका निभायी थी लेकिन अंततः सरकार की शर्तों को मानने को वे भी बाध्य हुए।

19. जिरंग के यू जाह लाइंगकुट

जिरंग उत्तर के लिए प्रवेश मार्ग था, जिसके कारण उसका व्यापारिक तथा युद्ध रणनीतिक महत्त्व था। जिरंग के लोगों ने जाह लाइंगकट के नेतृत्व में अंग्रेजों के विरुद्ध आंदोलन में सक्रिय रूप से भाग लिया।

20. मॉमलूह के यू खाइल्लु राजा

तिरोत सिं के साथ मिलकर राजा खाइल्लप ने भीषण संघर्ष किया था। सोहरा के राजा दुवान ने जब डेविड स्कॉट की मदद शुरू कर दी, तो स्थिति बदल गई। एक अनुश्रुति के अनुसार खाइल्लुप 'की लाइत्काइन सं' या 'मॉम्लूह' के युद्ध में मारे गए। कुछ अन्य अनुश्रुतियों के अनुसार वे दूसरी जगह चले गए। उसके दो भतीजे थे–तिरोत सिं तथा सुभा।

21. यू घूर या दोर सिएम इयोंग (नोंग्सपुग का काला राजा)

यू घूर ने 1831 में नोंगख्लॉव के जिदोर सिंह के क्षेत्र पर किए गए कई आक्रमणों के संचालन में सहायता की।

22. कुछ गद्दार सिएम

सिएम जो ब्रिटिश कंपनी शासन के पक्षधर थे, उनके बारे में भी जानना उचित होगा। ऐसे सिएमों में सोहरा के यू दुवान तथा रानी नोंग्वाह के सिएम प्रमुख थे। उन्होंने न सिर्फ अपने ब्रिटिश सेना के गुजरने के लिए अपने राज्यों से जाने वाले मार्ग खुले छोड़ दिए थे बल्कि स्कॉट को कई अन्य सामानों की आपूर्ति कर सहायता भी पहुंचाई थी। उन्होंने 1829 में दुवान लोअर सोहरा में अंग्रेजों को एक भूखंड भी मुहैया कराया, जो ब्रिटिश सैनिक अड्डा और मुख्यालय बना। वह स्वयं अपने सैनिकों के साथ मॉलुह, मौसमाय तथा अन्य स्थानों पर हुए युद्ध में शामिल हुए। इस प्रकार उसका उत्तराधिकारी राजा सुभा सिंह कांताकाल मोनभुत के अभियान में दवारा नोग्ताइरनेम जैसे योद्धाओं के एक होने तथा अपने लक्ष्यों पर 20 तुपक तथा गोलों के साथ अभ्यास करने के बारे में पर्याप्त सूचनाएँ पहले से ही एकत्र कर चुका था। नवंबर 1831 के आरंभ में ही उन्हें सूचना मिली थी कि पिछले रविवार विद्रोहियों ने विचार-विमर्श कर कंपनी के मारम तथा बुंगोन

के पास वाली कंपनी के अधीनस्थ गांवों में लूटमार करने की योजना बनाई है और यह नया चांद दिखने के बाद तुरंत ही किया जाएगा।

यू रोन कोंगोर, यू मान सिं, यूरिन, यू सुमेर, मॉवदोन और मॉसिनराय के यू वान तथा यू जिदोर इस दल के मुखिया थे। चेरा के सिएम ने उनके अनुरोध को स्वीकार करते हुए पंडुआह बाज़ार को बंद करवाने की अंग्रेज़ों की कार्रवाई पर आपत्ति की और 4 नवंबर 1831 में एक पत्र लिखा, जिसमें कहा गया था–'मुझे आशा है कि आप जल्द से राज कार्य के संचालन के लिए आवश्यक आदेश जारी कर देंगे।' ब्रिटिश, निस्संदेह क्षेत्र में आगे बढ़ने के लिए उनकी मदद पर निर्भर थे।

उत्तर-पूर्व का प्रथम विद्रोह

प्रस्तुति : विश्व ज्योति बर्मन
अनुवाद : योगेश कुमार

भारत के उत्तर पूर्व क्षेत्र में स्वतंत्रता आंदोलन तथा उत्तरी कछार हिल्स के जन विद्रोह की शुरुआत, 19वीं शताब्दी के अंत में हुई। यह काल, हमारे देश के स्वतंत्रता आंदोलन के इतिहास का एक गौरवशाली अध्याय है। खासी लिजिन्द्रिओं के महानायक शंभुधन फोंग्लो उर्फ़ सोमोदन, दिमासा इतिहास के इस गौरवशाली अध्याय के प्रणेता थे। सन् 1882 में, शंभुधन की अगुवाई में, दिमासा योद्धाओं ने उत्तरी कछार हिल्स सब डिवीज़न के मुख्यालय को ध्वस्त किया तथा ब्रिटिश पुलिस फोर्स को परास्त कर, गुंञ्जुंग के पुलिस थाने पर कब्ज़ा किया। 1857 में तथाकथित 'सिपाही विद्रोह' के बाद, उत्तर-पूर्व भारत का यह जनविद्रोह, ब्रिटिश शासन के ख़िलाफ़ पहली जनक्रांति था।

ब्रिटिश इतिहासकारों तथा प्रशासकों ने शंभुधन व उनके अनुयायियों के इस आंदोलन को कभी भी इसके वास्तविक रूप में स्वीकार नहीं किया। फिर भी, इस आंदोलन की ब्रिटिश प्रशासनिक रिपोर्ट को पढ़ने से यह प्रकट हो जाता है कि वीर शंभुधन का आंदोलन ब्रिटिश शासन के विरुद्ध उत्तर-पूर्वी भारत का प्रथम जनविद्रोह था। इस रिपोर्ट के अनुसार–"राजनैतिक घटनाएँ जिनमें कछार कमोबेश सम्मिलित था, अत्यंत महत्त्वपूर्ण थीं। कालक्रम में प्रथम न होते हुए भी उत्तरी कछार के इस विद्रोह को प्रथम स्थान मिलना चाहिए। प्रारंभ में निन्दनीय प्रतीत होने वाली इस क्रांति का अंत दुखदायी था। इस जनविद्रोह का मुख्य प्रेरणास्रोत शंभुधन नामक एक कछारी था।"

एल. डब्ल्यू. शेक्सपियर, ऐलेन गेट तथा ऐलेन हॉवर्ड ने वीर शंभुधन के आंदोलन को प्राचीन कछारी राजतंत्र को मुक्त कराने को एक प्रयास बताया है। प्रसिद्ध इतिहासविद् प्रो. जे.बी. भट्टाचार्य के अनुसार–

"शंभुधन कछार में अब भी एक महानायक है और अनेक लोग, उनके आंदोलन को स्थानीय संस्थाओं को पुनर्जीवित करने का एक मिशन तथा ब्रिटिश शासन के विरुद्ध एक प्रतिक्रिया मानते हैं।"

शंभुधन का प्रारंभिक जीवन

शंभुधन फोंग्लो का जन्म 26 फ़रवरी 1850 अर्थात् फाल्गुन मास की पूर्णिमा को मैबांग के रणचंडी मंदिर के निकट लोंग्खोर ग्राम में हुआ। शंभुधन पांच भाइयों में सबसे बड़े थे। उनके पिता दिप्रोंदाओ फोंग्लो, शिबराय अर्थात् भगवान शिव के भक्त थे। उनकी माता खासैंदी भी धार्मिक विचारों की महिला थीं। उनके भाइयों के नाम थे—उमाकांत, रमाकांत, रामचरण उर्फ रामरेन तथा हाइशोलोंग। शंभुधन का बचपन लोंग्खोर में गुज़रा। बाद में वे कुछ समय तक गुञ्जुंग में रहे तथा वयस्क होने पर सौप्रा ग्राम आ गए।

शंभुधन बचपन से ही बिल्कुल अलग प्रवृत्ति के थे। उनके खेल उत्कृष्ट और अपने साथियों से बिल्कुल अलग हुआ करते थे। वे युद्ध कला में माहिर थे। बांस की छड़ी को तलवार बनाकर, सीधे चांदी के सिक्के पर पैर के अंगूठे को टिकाकर तेज़ी से घूमती अपनी देह का संतुलन बनाते हुए वे तलवारबाजी के करतब किया करते थे।

यह उनका प्रिय खेल था और बड़ा होने पर, उन्होंने एक और जोखिमपूर्ण तलवार का खेल शुरू किया। बांस के धारदार व नुकीले डंडे लंबवत ज़मीन पर खड़े कर दिए जाते। शंभुधन अपनी टांगों और शरीर के अन्य किसी भी अंग को चोट लगने से बचाते हुए, ज़मीन पर रखे इन नुकीले डंडों पर तलवारबाज़ी के कई तरह के कठिन और ज़बरदस्त करतब का प्रदर्शन करते।

शंभुधन को 'सौप्रा' गांव का 'नागा होजा' (युवा नेता) चुना गया। 'नागा होजा', ग्रामीण प्रशासन तथा 'गुजाईबाओ' यानी बिसु पर्व के आयोजन के लिए, खुआंग (ग्राम मुखिया) के नेतृत्व में गठित पारम्परिक दिमासा ग्रामीण परिषद का एक सदस्य होता है। उन्होंने 'हैंगस्यो-बिसु' उत्सव का भव्य आयोजन किया। शंभुधन के नेतृत्व में गांव के युवक-युवतियाँ 'झूम' खेती में अपने श्रम के बदले फसल एकत्र किया करते थे। यह फ़सल सप्ताह भर चलने वाले हैंगस्यो-बिसु त्योहार में काम आती। युवाओं द्वारा इस श्रमदान को 'हैंगस्यो-म्नोबा' कहा जाता है।

युवा नेता के रूप में अपने कर्तव्यों तथा दायित्वों के सुचारु निष्पादन से, शंभुधन ने स्थानीय लोगों का दिल जीत लिया था। आसपास के गांवों में उन्हें

एक कुशल और ऊर्जावान युवा नेता के रूप में जाना जाने लगा था। उनकी छवि तथा लोकप्रियता आने वाले समय में, ब्रिटिश प्रशासन के विरुद्ध दिमासाओं को संगठित करने में सहायक सिद्ध हुई।

शंभुधन स्थायी तौर पर सौप्रा गांव में नहीं रहे। अपनी माता की अनुमति से, वे गांव-गांव घूमने लगे। इस दौरान, उन्होंने सेम्दीखोर गांव में नसइदी से विवाह किया तथा एक लंबे समय तक वहां रहे। 'सेम्दीखोर' में अपने प्रवास के दौरान उन्होंने गांववालों के स्वच्छ पेयजल की सुविधा मुहैया कराने लिए एक कुंआ खोदा। उस दौरान, जड़ी-बूटियों से विभिन्न बीमारियों का उपचार करने की उनकी विशेष योग्यता के कारण भी उनकी शोहरत फैली।

प्रशासनिक फेरबदल तथा उसके प्रभाव

घने वन, पहाड़ियों, अपार प्राकृतिक संसाधनों तथा पहाड़ी नदियों वाली भूमि, उत्तरी कछार हिल्स पर अपने प्रशासनिक विस्तार तथा सुदृढ़ता के लिए, ब्रिटिश शासन ने एक नीति बनाई। असम के कमिशनर के प्रस्तावानुसार, वर्ष 1880 में, उत्तरी कछार हिल्स को पुनः एक सबडिवीज़न बना दिया गया। गुञ्जुंग' इस सब-डिवीज़न का मुख्यालय बना। सी.ए. सोप्पिट नामक पुलिस अधिकारी को इस सब-डिवीज़न का प्रशासनिक प्रमुख बनाया गया। एक वर्ष पूर्व ही सुरक्षा बल का पुनर्गठन किया गया था तथा सिलचर भेजी गई फ्रंटियर फोर्स की जगह मज़बूत कुकी मिलिशिया के 200 जवानों द्वारा ले ली गयी थी। इस पूरी व्यवस्था ने स्थानीय लोगों में विकास व शांति की बजाय गंभीर प्रतिक्रिया तथा असंतोष पैदा किया।

ब्रिटिश प्रशासन के नए नियम-विनियमों, कर-अधिरोपण तथा फूट डालने की नीति ने, बिना बाहरी हस्तक्षेप के अपनी तरह से स्वच्छंद जीवन बिताने के आदी दिमासाओं पर प्रतिकूल प्रभाव डाला। इस कटुभावना की अभिव्यक्ति, उस काल के दिमासा लोकगीतों में भी पाई जाती है।

> *"नोका साउहा आलू माइ लाम्दु/ सीसा मत जिबुल*
> *सिबायारा-बो पडुनेरु माइ रिखुला।"*

जिसका अर्थ है—

> *"बिल्लियाँ आकाश में धान सुखा रही हैं*
> *सिपाही आ रहे हैं*
> *तुम्हारा धान उगाहने और सुरक्षा करने।"*

गुञ्जुंग सब डिविज़नल कार्यालय के निर्माण तथा असम-बंगाल रेलवे की सीमा के निर्धारण के लिए रखे गए स्थानीय मज़दूरों को, ब्रिटिश प्रशासन द्वारा अफ़ीम की लत लगाई जा रही थी ताकि न्यूनतम मज़दूरी देकर उनका मनचाहा शोषण किया जा सके।

ब्रिटिश प्रशासन शक्ति प्रयोग करके स्थानीय लोगों को ज़बरदस्ती साहब-सिपाहियों के सामान तथा माल-सामान आदि ढोने के लिए बाध्य किया करते थे। दिमासा लोग तो पहले ही अपना राज्य खो चुके थे। इस प्रकार के बल प्रयोग तथा अपमानजनक व्यवहार ने उनकी पीड़ा और रोष को और भी तीखा किया और धीरे-धीरे अपनी मातृभूमि की स्वतंत्रता की इच्छा उनमें ज़ोर पकड़ने लगी। निम्न लोकगीत अपनी भूमि की आज़ादी के लिए दिमासाओं की तीव्र लालसा तथा संकल्प को व्यक्त करता है–

"जिनीबा नोलाइमा राजीहा बेंग
सुमुया हंग-शिलाओं हंग्याइडु बेंग
दाउससे दाउलिग्खे खेप्डुलाओ बेंग जिनीबा
गाजाओनी राजीहा बेंग
गुफुसा हा नेडाओ नेफाइडु गुफुसा
डी नेडाऊ, नेफाइडु बेंग
जिनीबा गजाओनी राजीहा बेंग
डेमालु, हलाडाऊ, रंगाडु, डेगाडाऊ
डेलाई, माइलाइन्ती फेइनांगती?"

अर्थात्–

"कितनी शर्मनाक घटना घटी हमारे गांव
ताक़तवर चीलों को कर लिया वश में चूजों ने
एक-एक कर के हमारी नदियों और माटी पर
काबिज हो गये गोरे
हमारी सोने सी धरती पर क्या कभी
नहीं होगा पैदा ऐसा योद्धा
बचा ले जो हमारा स्वर्णिम देश
क्या हमारे पौराणिक नायक
दैमालु, हेलादाऊ, रंगादाऊ, देमादाऊ तथा
देलाई माइलाइ जन्मेंगे फिर से?"

शंभुधन का ब्रिटिश निष्कासन आंदोलन

ब्रिटिशों के हाथों स्थानीय लोगों का अपमान, प्रताड़ना तथा शोषण, शंभुधन के लिए असहनीय हो गया। वे प्रतिशोध के लिए बैचेन हो उठे। उन्होंने अपनी धरती से ब्रिटिशों को निकाल भगाने के लिए एक योजना तैयार की। असम साहित्य सभा के अध्यक्ष जोगेश दास कहते हैं कि शंभुधन ब्रिटिश शासन के खिलाफ 1857 के राष्ट्रीय आंदोलन से अभिप्रेरित थे। उन्होंने दिमासाओं की आज़ादी छीनने वाले तथा उनकी संस्कृति को कलुषित करने वाले ब्रिटिश शासन के विरुद्ध आंदोलन के लिये लोगों को एकजुट किया। अपने व्यापक जनसंपर्क की वजह से उन्हें दिमासाओं को संगठित करने में आसानी हुई। इसके अलावा उनमें एक करिश्माई नेता के गुण भी थे। उनमें अपने अनुयायियों के भीतर यह आश्वस्ति भरने की अदभुत क्षमता थी कि निरंकुशों को भगाकर तथा न्याय की स्थापना कर वे दिमासा राज्य के स्वर्ण-युग के रूप में मशहूर पुराने सुखद दिनों को वापस ला सकते हैं।

शंभुधन के विलक्षण दर्शन तथा नेतृत्व क्षमता से प्रेरित होकर, अनेक दिमासा लोग अपने प्रिय तथा साहसी नेता शंभुधन की अगुवाई में अपने देश की स्वतंत्रता के लिये आगे आये। परन्तु शंभुधन ने केवल उन्हीं व्यक्तियों को भर्ती किया, जो उनके द्वारा आयोजित विशेष परीक्षा में अपनी शक्ति, साहस और क्षमता से स्वयं को लड़ाकू दस्ते में भर्ती योग्य सिद्ध कर पाए।

शंभुधन ने मानसिंह को अपना मुख्य सलाहकार, मोलोंग्थोंग को उप सेनानायक, देसेन केम्पराई को औषधिज्ञ तथा जिबनराम हेख्बार को 'क्रेमहोजा' (ढोली) नियुक्त किया। सामरिक महत्त्व की दृष्टि से, शंभुधन ने सैनयाछेर पहाड़ी को अपना डेरा बनाने के लिए चुना।

ब्रिटिश शासन के विरुद्ध अपने आंदोलन छेड़ने की तैयारी के दौरान, शंभुधन को आर्थिक शोषण, रेलवे लाइन बिछाने के लिये भूमि सीमांकन तथा उत्तरी कछार हिल्स में अफ़ीम की आपूर्ति को रोकने के लिये, ब्रिटिश शासन का सामना करना पड़ा।

शंभुधन ने पश्चिमी बंगाल के व्यापारियों द्वारा स्थानीय लोगों के शोषण तथा वन संपदा के विनाश के साथ उत्तरी कछार से अर्द्ध-जंगली भैंसों के निर्यात को भी रोका।

उन व्यापारियों की गतिविधियों में सहयोग करने वाले एक स्थानीय निवासी कलाचंद ने अपने निजी स्वार्थ के लिए, गुञ्जुंग पुलिस थाने में शंभुधन के विरुद्ध

एक फर्ज़ी शिकायत दर्ज करवाई। उसने शंभुधन के विरुद्ध जन-भावना भड़काने के इरादे से यह अफ़वाह फैलायी कि शंभुधन रणचंडी के मंदिर में नरबली देने वाले हैं।

ब्रिटिशों ने शंभुधन की गतिविधियों के प्रतिकूल तथा गंभीर परिणामों को भांपकर, शंभुधन के दमन की योजना बनाई। उत्तरी कछार हिल्स सब-डिवीज़न के तत्कालीन पुलिस अधिकारी सी ए. सोप्पिट के अनुसार–"सूचना दर्ज होने पर, शंभुधन तथा उनके प्रमुख अनुयायियों को सम्मन जारी किए गए, पर वे उपस्थित नहीं हुए। तत्पश्चात् उनकी गिरफ्तारी के वारंट कुछ कछार नेताओं के हाथ भिजवाए गए। हालांकि वारंट लाने वालों पर हिंसक कार्यवाही नहीं हुई, परन्तु सोमोदोन के एक सलाहकार 'मान सिंह' ने एक चिट्ठी लिखकर उन्हें दी तथा तुरन्त मैबांग छोड़कर गुञ्जुंग जाने का आदेश दिया। इस अस्पष्ट से पत्र में यह कहा गया था कि कोई सेना सोमोदोन को उपस्थित होने के लिए बाध्य नहीं कर सकती बल्कि मैबांग भेजे जानी वाली फ़ौज को नेस्तनाबूद कर दिया जाएगा।"

शंभुधन द्वारा सम्मान को नज़रअंदाज़ करने के बाद, उत्तर कछार हिल्स को एस.डी.ओ. सी.ए. सोप्पिट ने सिलचर के उपायुक्त मेजर बॉयड की सहायता मांगी। 15 जनवरी 1882 को बॉयड, जब सी.ए. सोप्पिट तथा 40 कुकी लड़ाकों के साथ मैबांग पहुंचा तो उसने पाया कि मैबांग खाली हो चुका था। स्थानीय लोगों को शंभुधन द्वारा पहले ही मेजर बॉयड के अभियान की योजना का पता चल गया था। शंभुधन ने उसी दिन 15 जनवरी को गुञ्जुंग में बॉयड और उसकी पुलिस फ़ोर्स की जानकारी में आने से बचते हुए सब डिवीजन मुख्यालय पर हमला किया। सब डिवीजनल मुख्यालय तथा पुलिस स्टेशन की सुरक्षा करने वाले कुकी मिलिशिया शंभुधन के हमले का सामना किए बिना, वहां से भाग खड़े हुए। एक पुलिस कांस्टेबल तथा 02 सरकारी कर्मचारी इस हमले में मारे गए। शंभुधन और उनके दल ने गुञ्जुंग के सभी सरकारी कार्यालयों तथा अफ़ीम के गोदाम में आग लगा दी। उन्होंने दो घोड़े भी मार दिये। शंभुधन व उनके साथियों ने ब्रिटिश नियंत्रण के विरुद्ध एक और आक्रमण करने के ध्येय से, तुरन्त मैबांग की ओर कूच किया। बोयड को गुञ्जुग की घटना की भनक भी न लगी।

शंभुधन, मानसिंह तथा मालोंग्थोंग ने मेजर बॉयड तथा उसकी फ़ौज को अगले दिन सुबह 16 जनवरी 1882 को मैबांग में घेरने की नई योजना बनाई। कई बुज़ुर्ग दिमासाओं तथा प्रसिद्ध समाजसेवी हेमबंग बथारी के वर्णनानुसार–

"योद्धा समीप के जंगलों से मदुली (छोटा ख्राम या ढोल) की थाप पर नाचते-कूदते, तेज़ गति से आगे बढ़े। उनकी कोई रक्षा पंक्ति नहीं थी। बल्कि

वे तो बिना किसी भय या हिचक के, किसी नृत्य मंडली की भांति, ब्रिटिश सेना की ओर बढ़े। मेजर बॉयड ने यह देखकर सोचा कि एक नृत्य मंडली से भला क्या ख़तरा होगा। उसने अपनी फ़ौज को आदेश दिया कि तब तक गोली न चलाएँ जब तक आत्मरक्षा की नौबत न आए। अतः बॉयड व उसकी फ़ौज इसका अंदाज़ा भी नहीं लगा सके कि शंभुधन का वह 'नृत्य-दल' उन पर हमला भी कर सकता है। शंभुधन के दल ने अचानक बॉयड की सेना पर हमला बोल दिया। एक दिमासा लड़ाके की तलवार के एक भरपूर वार से बचते-बचते, मेजर बॉयड के हाथ में गंभीर चोट लग गई।

मेजर बॉयड के पुलिस दल ने तुरन्त हमले का जवाब दिया तथा कई स्वाधीनता प्रेमी दिमासा योद्धाओं को मौत के घाट उतार दिया। पूर्वनियोजित योजनानुसार लड़ाके वापस वनों की ओर चले। बॉयड के पुलिस दल ने उनका पीछा किया, परन्तु इस डर से कि कहीं शंभुधन और उनका दल उन्हें घेर न ले, वे वापस आ गए।

सैनयादेर पहाड़ी पर बड़ी संख्या में शंभुधन अपने लड़ाकों के साथ, नर्तक लड़ाकों का पीछा करती ब्रिटिश पुलिस की प्रतीक्षा कर रहे थे। इस संघर्ष में कम से कम 11 दिमासा योद्धाओं ने अपने प्राणों का बलिदान दिया। मेजर बॉयड को घायल अवस्था में, इलाज के लिए सिलचर लाया गया, परन्तु 03 फरवरी 1882 को उसकी मृत्यु हो गई।

सिलचर तथा कोहिमा से, फ्रंटियर पुलिस फोर्स को उत्तरी कचार हिल्स में तलाशी अभियान के लिए बुला भेजा। भरसक प्रयास के बावजूद पुलिस तथा गुप्तचर दस्ता, शंभुधन, मानसिंह तथा मोलोंग्थोंग के बारे कोई सूचना नहीं जुटा सका। शंभुधन व उनके साथी उत्तरी कछार पहाड़ियों से जगह बदल कर कछार के मैदानी हिस्से में चले गए, हालांकि सुरक्षा की दृष्टि से उत्तरी कछार की पहाड़ियाँ कहीं उत्तम थीं। शंभुधन ने ऐसा नए आंदोलन को शुरू करने तथा अपने अभियान में मैदानी कछार के लोगों को शामिल करने के विचार से किया था।

इस ध्येय के लिए उन्होंने अंतिम दिमासा कछारी राजा गोविंदा चंद्राद्धाज नारायण हसनु के सेनापति उजीर द्रिबागडे से संपर्क किया। शुरू में बुभन पहाड़ियों में एक अस्थायी कैम्प लगाया, जिसे बाद में इग्रालिंग गांव (वर्तमान में उत्तरी नारायणपुर, कुंभीग्राम हवाई अड्डे के दक्षिण की ओर करीब 8 किमी. की दूरी में स्थानांतरित कर दिया गया।)

अपनी भूमि को मुक्त कराने की मुहिम में, शंभुधन ने अपने मुख्य सलाहकार मान सिंह को तिपरासा (कोकबोरोक), महान कछारी देश का एक वर्ग, की सहायता तथा सहयोग मांगने के लिए त्रिपुरा भेजा। लेकिन दुर्भाग्यवश मानसिंह

इस अभियान में त्रिपुरा पुलिस द्वारा पकड़ लिये गए। बाद में, उन्हें सिलचर लाया गया तथा उम्र कैद हो गई। अन्न-जल त्यागने से मानसिंह की सिलचर जेल में मृत्यु हो गई।

शंभुधन को सशक्त ब्रिटिश शासन के विरुद्ध एक सफल आंदोलन के संगठित करने के लिए पर्याप्त समय तथा अवसर नहीं मिला। गुञ्जुंग तथा माइबोंग की मुठभेड़ के एक वर्ष बाद, 12 फरवरी 1883 को इंग्रालिंग कैंप में उन्हें पकड़ने के लिये ब्रिटिश पुलिस फोर्स द्वारा लगाये घेरे से बचने के दौरान आई चोटों के कारण उनकी मृत्यु हो गई। इस घटना के बाद शंभुधन के नेतृत्व में चला अपनी भूमि तथा विरासत को बचाने का दिमासा संघर्ष समाप्त हो गया।

अधिक समय तक न चल पाने के बावजूद वीर शंभुधन तथा उनके अनुयायियों के आंदोलन का दिमासाओं के हृदय में गौरवशाली स्थान है। वीर शंभुधन की देशभक्ति की भावना और वीरता, मातृभूमि के लिए बलिदान देने वाले हमारे देश के अनेक महान देशभक्तों और स्वतंत्रता सेनानियों से उन्नीस नहीं है।

पूर्वोत्तर भारत के जन-प्रतिरोध का स्वर

प्रस्तुति : अनिल बोरो
अनुवाद : योगेश कुमार

पूर्ववर्ती असम, जिसमें मेघालय, मिजोरम, नागालैंड, अरुणाचल प्रदेश (और असम) जैसे राज्य आते थे, ने सार्वभौगिकता का अतिक्रगण करने वाली ब्रिटिश नीति के विरुद्ध प्रतिरोध की आवाज़ उठाई। अहोम नरेशों द्वारा शासित असम का क्षेत्र 1826 में यंडाबू की संधि के बाद ब्रिटिश हुकूमत के अंतर्गत आया। उसके बाद ब्रिटिशों ने स्थानीय आदिवासी राजाओं और सरदारों शासित अन्य प्रदेशों पर अधिकार किया। परंतु क्षेत्रीय लोगों ने ब्रिटिश आधिपत्य को स्वीकार नहीं किया। उन्होंने फिरंगी शासन के निष्कासन और राष्ट्रीय सर्वसत्ता की पुनः प्राप्ति हेतु ब्रिटिश शक्ति का पुरजोर विरोध किया। यह लेख, असम में प्रतिरोध आंदोलनों के प्रभाव तथा उनकी गहरी जड़ों का बोध करानेवाले, प्रतिवाद-गीतों तथा गाथा-गानों पर प्रकाश डालने का एक प्रयास है।

खासी पहाड़ियों में यू तिरोत सिं जैसे नेता और जैन्तिया पहाड़ियों के यू कियांग नङबाह जैसे नेताओं की अगुआई में प्रतिरोध आंदोलनों के गौरवशाली इतिहास के बारे में हमसे अधिक मेघालय के हमारे मित्र तथा सहयोगी जानते हैं। खासी तथा जैन्तिया अपने तीर-कमानों द्वारा वीरता से ब्रिटिश सेना के विरुद्ध लड़े। अपने प्रदेश में ब्रिटिश अधिकारियों व सैनिकों के कदम रखते ही उन्होंने प्रतिरोध शुरू कर दिया। फिर भी 1826 की यंडाबू की संधि के प्रावधानों के तहत, असम के मैदानी भागों पर ब्रिटिशों ने कब्जा कर लिया। 1835 में जैन्तिया पहाड़ी क्षेत्र (राजशाही) को ब्रिटिश ने अपने साथ संलग्न कर लिया और 1833 में खासियों को भी कब्जे में ले लिया गया।

गुहा के अनुसार 'कड़े आदिवासी प्रतिरोध के बावजूद बाकी पहाड़ियों को भी बाद में, एक-एक करके अपने अधीन कर लिया गया। 1854 में पूर्ण आधिपत्य स्थापित होने पर अंग्रेजों ने उत्तरी कछार की पहाड़ियों को एक अलग प्रशासनिक इकाई

मनवा लिया। 1889 में ए.डी. नागाओं को भी संलग्न कर लिया गया। लंबे समय तक ढीले राजनीतिक नियंत्रण वाली गारो पहाड़ियों को 1869 में अलग जिला घोषित कर गया। फिर भी 1871 से 1889 तक के बीच गारो लोगों पर नियंत्रण नहीं किया जा सका। लुशाई हिल्स जिले की स्थापना भी 1898 में ही हो सकी।' (1977 : 1-2)

असम में प्रतिरोध मुक्तिदाता के रूप में आविर्भावित होने वाले ब्रिटिश राज को स्थानीय लोगों, जिनमें कई जातीय समूह थे, के अलावा राजघरानों और अभिजात वर्गों के भी कड़े प्रतिरोध का सामना करना पड़ा। असम में मनीराम दीवान, जो अपने प्रारंभिक जीवन में अंग्रेजों को सहयोग देते रहे थे, एक चरमपंथी बन गए तथा उन्होंने एक कड़ा ब्रिटिश-विरोधी रुख अख़्तियार कर लिया। सामंतवादी काल के अंतिम असमिता मनिराम ने ऊपरी असम में राजा के अधिकारों के पुनर्स्थापना की मांग की। उन्होंने आभिजात और ज़मींदार वर्गों को घोर दरिद्रता तथा दुर्गति की स्थिति में पहुंचने, अभूतपूर्व ढंग से भू-राजस्व निर्धारण के लिए उन्हें मजबूर करने तथा बंगालियों व मारवाड़ियों को मौज़ादारों के रूप में नियुक्त करने का विरोध किया। मनिराम के नेतृत्व में प्रतिरोध आंदोलन के विषय में प्रो. पी.डी. गोस्वामी लिखते हैं–

"सिंतबर 1857 में, डिब्रूगढ़ में तैनात प्रथम असम लाइट इन्फैन्ट्री में व्याप्त बेचैनी स्पष्ट नज़र आने लगी थी"। असम से ब्रिटिश प्रभुत्व को उखाड़ फेंकने के लिए इस बटालियन के कुछ सिपाही पुराने राजपरिवार के एक वंशज चारिंग राजा के साथ, एक आंदोलन में शामिल हो गए। राजा तरुण वय का था। वह जोरहाट में स्थित असम चाय कंपनी में अपने अधिकारी मनिराम दीवान के नियंत्रण में था। मनिराम दीवान उत्तर भारत में हलचल फैलाने वाले स्वाधीनता आंदोलन के संपर्क में थे। (गोस्वामीः 1970ः 27-28) मनिराम गिरफ्तार करवा लिए गए। बाद में, शिबसागर के डिप्टी कमिश्नर सी. हालरॉयड द्वारा छद्म न्यायिक कोर्ट करवा कर तोकलाई नदी के तट पर उन्हें फाँसी दे दी गई। एक अति प्रभावशाली अभिजात वर्ग के व्यक्ति को ऐसा क्रूर दंड दिए जाने पर लोगों के हृदय में कातरता तथा विद्रोह की भावना जाग उठी। इस जनभावना की प्रारम्भिक अभिव्यक्ति गीत तथा गथाओं के माध्यम से हुई। एक गाथा-गान का नीचे उद्धृत अंश इस दुःखद घटना पर कातरता तथा प्रतिरोध से ओत-पोत काव्यात्मक अंदाज ज़रा देखें–

तुम सोने का हुक्का पीते थे, ओ मनिराम
तुम चांदी का हुक्का पीते थे
ऐसा कौन राजद्रोह किया तुमने कि

तुम्हारे गले में लगया फांसी कर फन्दा?
कैसे पकड़ा तुम्हें उन्होंने, ओ मनिराम!
कैसे पकड़ा तुम्हें उन्होंने?

इस ओर है जोरहाट उस ओर है गोलाहाट
भेजा एक पत्र और फंसाया
पकड़ा लिया गुपचुप तुम्हें
हालरॉयड साहब ने तोकलाई के तट पर
फांसी पर लटकाया छिप-छिप कर

'बारा' धान की ठूंठी, ओ मनिराम
'बारा' धान की ठूंठी
चार दिवस ही बीते थे अभी
तुम्हें गुजरे
कि आकाश में उल्का कौंधी। *(गोस्वामीः 1970ः 28)*

उसी दौरन बडनचंद्र क पुत्र, पियाली बरूआ भी प्रतिरोध आंदोलन से जुड़े निम्न गद्यांश में पियाली की दुःखद घटना का वर्णन है–

तुमने मनिराम का वध किया सो किया
पर तुमने पियाली को क्यों मारा
यह ख़बर सुन रंगपुरा के अधिकारी
घबराए बहुत! (गोस्वामीः 1970 :29)

पियाली को जियुराम दुलिया बरूआ के साथ 1830 में शिबसागर सरोवर के तट पर फांसी दे दी गई थी। निम्नलिखित गाथांश में पियाली फुकन के नेतृत्व में प्रतिरोध आंदोलन का एक कटाक्ष भरा, मगर मार्मिक वर्णन है–

आकाश में टिमटिमाते तारों की ओर
बौने ने हाथ बढ़ाया
ओ पंगु पियोली
आगे बढ़ो मारो विदेशियों को
खांतियों नागाओं, गारो, खासियों
और डाफला मिरियों के साथ
एकत्रित होओ रंगशिला वन में
एक जमात बनो

और बाहर भगाओ फिरंगी को
जधाला बुरागोहेंन की निगरानी में जवाका
इतर, बुरागोहेंन की निगरानी में जवाका
और गोम्धोर कोवर की निगरानी में सिंग्लो
बुलाओ रूपचंद को। (चेतिया : 2001)

नीचे उद्धृत गाथा रूपांतरण में स्थानीय लोगों के सक्रिय सहयोग से प्रतिरोध आंदोलन की तैयारी का वर्णन मिलता है–

रंगशिला वन से शिकारी कुत्ते भौंके
हमने भी सुना अपने कानों
लोग जुटे वन में जैसे जुटते थे हर रोज़
पदचापों ने ही दिया था बता
मेलही-पथार में बोरदोबा बोला था
ग्रामीणों ने सुना था कान लगा
केचईखाइती माता के आगे झुककर
जब ली थी शपथ उसने। (चेतिया : 2001)

अरुणाचल प्रदेश में प्रतिरोध

एक गाथा-गीत में तिरप, जो अब अरुणाचल में है, के वाचों के प्रतिरोध आंदोलन (1874) का वर्णन है, जिसमें असिस्टेंट कमिशनर श्री हॉलकोम्बे व उनके सहायाकों को मार दिया गया था। यह अंग्रेज अधिकारी अपने 194 आधिकारियों व सहायकों के साथ इस क्षेत्र के सर्वेक्षण हेतु वांचो गांव गया था। वहीं पर वह स्थानीय वांचों लोगों के एक दल के हाथों, अपने अधिकारियों सहित मारा गया था। यह गाथा-गीत इस प्रकार है–

तुम गऐ एक नागा सराय से दूसरी नागा सराय
टेपु-अत्म का स्वाद लेते
नागाओं ने किया प्रहार–भोंकी दाओ
कुछ न कर पाए सिपाही तुम्हारे
ओ मित्र! कछुआ को काट दो 'सोलोंगे' फेंको
काटो कुछ को 'सोलोंगे' फेंको
देशजों ने हॉलकोम्बे साहब को घोंप दिया है छुरा
बनाया दिहिंग पर पुल। (चेतिया : 2001)

एक अन्य नायक थे हाफ़्लोंग (उत्तरी कछार) के शंभुधन कछारी। उन्होंने लोगों की सत्ता की रक्षा के लिए ब्रिटिश सेना के विरुद्ध वीरतापूर्वक लड़ाई लड़ी। गोबिन्दा चंद्रा की मृत्यु के बाद, उत्तरी कछार को फिरंगियों की विलय-नीति के तहत अंग्रेजी शासन में मिला दिया गया। परन्तु देसी लोगों ने शंभुधन कछारी की अगुवाई में अपनी अखंडता को नष्ट करने वाली विदेशी शक्ति को निकाल भगाने के लिए एक मज़बूत प्रतिरोध आंदोलन चलाया। उनके नेतृत्व में बागियों ने कई अंग्रेज सैनिकों को मार गिराया तथा ख़जाने और बैरक को आग लगा दी। शंभुधन (सोमदन) के करीबी सहयोगी ने उत्तरी कछार के डिप्टी कमिश्नर की हत्या कर दी। आखिरकार वह पकड़ा गया तथा उसे इतनी यातनाएँ दी गईं कि उसकी मृत्यु हो गई। इसके बाद अंग्रेजों ने विद्रोह पर पूरी तरह नियंत्रण पा लिया गया। एक बोड़ो कवि ने अपनी काव्य-रचना में शंभुधन के वीरतापूर्ण प्रतिरोध का वर्णन इस प्रकार से किया है–

ओ माँ के परम प्रिय पुत्र
ओ प्रतिरोध-आंदोलन के शहीद!
हम नहीं जानते कि कैसे करें तुम्हारी स्तुति
और तुम्हारा जयघोष
शक्ति दो बल दो
भुला नहीं सकते हम शौर्य का वह मंजर
जब मेजर से लड़ते-लड़ते
भीगा था दायां बाजू तुम्हारे लाल-लाल रक्त से!
किस विध करें तुम्हारा स्वागत?
कुछ भी तो नहीं हमारे पास कि दे दें तुम्हें
सिवा प्रेम और श्रद्धा सुमनों के!

राजपरिवारों तथा उसके वासियों एवं रईसों के प्रतिरोधात्मक आंदोलन के अतिरिक्त, कृषकों के आंदोलन के रूप में एक मज़बूत प्रतिरोधात्मक आंदोलन नीचे से भी उठा! असम के विभिन्न स्थानों में अंग्रेजों द्वारा लगाए गए बहुत ही भारी भूमि-कर (लगान) के विरुद्ध किसानों का विद्रोह इसकी मिसाल है। पथारूघाट, फुलागुरी, लछीमा (रंगिया) के किसान-आंदोलन, ब्रिटिश साम्राज्य की ऐसी निरंकुश नीतियों के विरुद्ध स्वाभाविक तथा स्वतः स्फूर्त विद्रोह के उदाहरण हैं। प्रतिरोधात्मक गीतों में यह कृषक-विद्रोह अभिव्यक्त हुए हैं। ये गीत उस काल में तो प्रसिद्ध थे ही, आज भी परंपरागत या लिखित रूप में विद्यमान हैं। पथारूघाट में कृषक विद्रोह (1894) के गीतों को 'पथारूघाटेर रणेर गीत' कहा जाता है।

पाथेरूघाट का गीत या गाथागान जन-प्रतिरोध के नए इतिहास का वर्णन करता है; कि किस तरह एक सभा में एकत्र होकर लोगों ने ब्रिटिश सरकार के कार्यालय का घेराव करने का निश्चय किया।

प्रतिरोध-आंदोलन का अंत अति दुःखद था। सभी प्रदर्शनकारियों को निर्दयता से मार दिया गया था। मौखिक इतिहास के एक स्रोत के रूप में गाथागान का समकालीन सामाजिक तथा राजनैतिक घटनाओं पर काफी महत्त्वपूर्ण प्रभाव पड़ा।

पाथेरूघाट-आंदोलन के लंबे गाथागान में कृषक-विद्रोह से जुड़ी घटनाओं का वर्णन है। काव्य साहित्य-शैली में प्रारंभ होने वाले गाथागान में वर्णन है कि साहबों को चाय बागानों के लिए कुलियों की जरूरत थी, जो उन्हें नहीं मिल रहे थे! इसी कारण अंग्रेजों ने भूमिकर की दर में वृद्धि करके लोगों को दरिद्र बनाने का फैसला लिया–

गांववाले धनी हो गए
कुलियों का मिलना मुश्किल है
एक युक्ति लगाई साहबों ने कि मिल सकें कुली
'भूमि पर टैक्स बढ़ाओ–दरिद्र बनाओ'
महारानी ने ऐसी रपट भिजवाई
महारानी को भिजवाए आदेश तुरंत
आ गई रपट जल्द ही मोंगलदोई
साहब ने किए दस्तख़त उस पर
तहसीलदार को सौंपी रपट
गाओपुरा ने घरे-घर खबर पठाई–
'पांच सिकी नहीं अब, पांच रुपइये भू-कर है भाई'
दुतिराम ने सभी को लिखा पत्र–
'मंगल को होगी सभा पाथेरूघाट
तीन दिनों के बाद मिला सब लोग।'
लगाई तहसीलदार से फरियाद
देगें कैसे इतना बढ़भारी भूमि का टैक्स'? (सर्मा : 1997)

नियम दिवस पर बड़ी संख्या में कुपित भीड़ कमिश्नर के सामने एकत्र हुई। तितर-बितर करने तथा डराने के लिए सिपाहियों ने उन पर अंधाधुंध गोलियाँ चलाईं, जिसमें प्रतिरोध आंदोलन में भाग लेने आये विभिन्न जाति-समुदायों के सैकड़ों लोग शमिल थे। अधिकांश कृषक स्थल पर ही मारे गये।

फुलोगुरी (1861) तथा रंगिया (1893) के कृषक विद्रोह का चरित्र भी पाथेरूघाट के समान ही था। फुलोगुरी के मुख्य पात्र, तिवा तथा कछारी समुदायों

के आदिवासी कृषक थे। परंतु इस बारे में पुष्ट ऐतिहासिक सामग्री का शोचनीय अभाव है। हम जानते हैं कि भावी पीढ़ियों की जानकारी के लिए ऐतिहासिक अभिलेख छोड़कर जाना भारतीय परंपरा का हिस्सा नहीं रहा है। नए शासकों द्वारा प्रशासन हाथ में लेने से व्याप्त या भय की परिस्थितियों ने ऐतिहासिक दस्तावेज़ों को संजोने के प्रति देसी लोगों को सदैव ही हतोत्साहित किया है। अतः इन विद्रोहों के इतिहास स्रोत के रूप में, हमें मुड़कर लोकगीतों, गाथागीतों तथा अन्य कथावर्णनों में संरक्षित लोक-स्मृतियों का ही रुख़ करना पड़ता है। कामरूप जिले के रंगिया क्षेत्र में प्रचलित एक गाथांश में वर्णन है कि किस प्रकार अंग्रेजी प्रशासन ने लोगों की आपत्तियों व दुहाइयों को अनसुना कर दिया। यह गाथा-गीत इस प्रकार है—

कंपनी के राज में कैसे जीयें
कैबेल साहब वसूले एक पूड़ा के अढ़ाई रुपइये
नए साहब वसूलें चार
लोगों ने किया प्रतिरोध
कंपनी ने नहीं दिया ध्यान
लोगों ने भी जिद ठानी
साहबों की मर गई नानी
भेजा फरमान रातोंरात 'रंगिया आओ'
पहुंचे बुद्धिमान गुणी महंत भी रंगिया
गुहार लगाई—फरियाद सुनाई
अति विनम्र हो सुना साहब ने सभी को
फिर अलविदा कह दी
जन-समूह करता रहा चर्चा फिर भी
साहब भयभीत डरा-सहमा
भेजे सिपाही उसने
खाली राइफल से भीड़ को लगे डराने सिपाही—
क्रुद्ध भीड़, टूट पड़ी सिपाहियों पर...

कुछ गाथा-गीतों में, रंगिया क्षेत्र में कृषक विद्रोह का वर्णन है। इसमें राधानाथ नामक एक तहसीलदार का ज़िक है जो ब्रिटिश के लिए एक वफादार ऐजेंट के रूप में कार्य करता था। निम्नलिखित गाथागीत राधानाथ के विरुद्ध देसी लोगों के रोष तथा क्रोध से भरा हुआ है—

वृक्ष, पत्ती और 'साजना'
बस मुट्ठी भर ज़मीन का और दस रुपये दस आना वसूलते—

तहसीलदार राधानाथ
अधर्मी पुरुष है वह
लोगों को कैद कर पीटता
देता है यातना
वृक्ष, पत्ती और 'साजना'
दस रुपये दस आना
एक मुट्ठीभर ज़मीन का वे वसूलते

असम के कृषकों द्वारा प्रतिरोध आंदोलन ने ब्रिटिश के विरुद्ध एक 'खुले विद्रोह' का रूप ले लिया। रैयत सभाओं के आयोजन से कई पढ़े-लिखे वकील तथा बुद्धिजीवी, कृषकों से जुड़े इतिहासकार एस. गोस्वामी लिखते हैं–

'जब विद्रोह ने युद्ध का रूप ले लिया, तो वे उस से अलग हो गए। उनके निहित स्वार्थों ने उन्हें विद्रोह की चरम-सीमा तक कृषकों का साथ देने तथा पूर्णतः ब्रिटिश-विरोधी पक्ष नहीं लेने दिया।' (एस. गोस्वामी; 1992) लेकिन कृषकों के कड़े प्रतिरोध आंदोलन ने अंग्रजों को कर की दर कम करने पर मजबूर कर दिया। कृषक वर्ग द्वारा प्रतिरोध आंदोलन राष्ट्रीयता की भावना बढ़ाने में एक महत्त्वपूर्ण कारक रहा। इसका प्रभाव भारतीय राष्ट्रीय कांग्रेस के नेतृत्व में चलाया गए असहयोग तथा सविनव अवज्ञा आंदोलनों के दौरान साफ नज़र आया! 19वीं शताब्दी के प्रारंभ तथा अंत में, असम तथा पूर्वोत्तर राज्यों के प्रतिरोध आंदोलन ने 1857 के विद्रोह समेत, देश के अन्य भागों के प्रतिरोध आंदोलन के समान ही, राष्ट्रीय प्रभुसत्ता तथा पंरपरागत समाज व्यवस्था को ध्वस्त करने वाले 'एलियन रुल' विदेशी राज के अधिरोपण का पुरजोर प्रतिरोध किया। उस समय के वीरोचित प्रतिरोध आंदोलनों का वर्णन करने वाले लोकगीत तथा लोकगाथाएँ जिन्होंने देशभक्ति की भावना के प्रसार में सहायता की, महत्त्वपूर्ण ऐतिहासिक प्रमाण हैं गीत व गाथाएँ ये लोगों के दृष्टिकोण तथा आकांक्षाओं को प्रदर्शित करते हैं। प्रतिरोध आंदोलन में लोगों की शिरकत तथा उसके प्रति उनके भाव की एक व्यापक तथा बेहतर जानकारी कि लिए, पूर्वोत्तर के अन्य राज्यों के गीत तथा गाथाओं को एकत्र और संकलित करना चाहिए। ऐसा एक प्रयास, क्षेत्रीय नेताओं तथा लोगों के वीरतापूर्ण बलिदान को 'अग्रभूमि' में लाने के साथ-साथ, अति उपेक्षित पूर्वोत्तरीय धरती की 'बैद्धिकता' में देशभक्तिपूर्ण तथा राष्ट्रीय साहित्य के अन्वेषित अंचल को खोल देगा।

II. शौर्य

रानी रौपुइलियानी : अभूतपूर्व विद्रोहिणी

ललसाङ्जुआली साइलौ
अनुवाद : सी. कामलौवा

भारतीय स्वतंत्रता संग्राम के इतिहास में रानी रौपुइलियानी का नाम मिजो समाज में श्रद्धा और इज्जत के साथ लिया जाता है। मृत्यु के सौ वर्ष बाद भी तत्कालीन ब्रिटिश साम्राज्य के विरोध और अपने राज तथा प्रजा की रक्षा में किए इनके साहसिक संघर्ष को लोग इस तरह याद करते हैं, मानो यह सब कल की ही घटना हो।

प्रस्तुत कथा रानी रौपुइलियानी तत्कालीन ब्रिटिश साम्राज्य के अधीन अधिकारी के रूप में कार्यरत कैप्टन जॉन शेक्सपीयर द्वारा लिखित पुस्तक से प्रेरित होकर लिखी गई है।

रौपुइलियानी उस समय आइजोल के राजा ललसावुङ की पुत्री थी। बचपन से ही इनका व्यक्तित्व अपने भाई-बहन ही नहीं बल्कि अन्य बच्चों से भी काफी भिन्न था। जब वे जवान हुईं तो सन् 1848 अथवा 1849 के आसपास मिजोरम के पश्चिमी भाग के राजा रौलुरहआ के भतीजे व़ानदूला से इनकी शादी कर दी गई। इसी कारण आगे चलकर वे रानी रौपुइलियानी और पश्चिमी मिजोरम की रानी के रूप में मशहूर हुईं।

शादी के बाद सन् 1851-1856 के आसपास तक पति-पत्नी अपने गांव बेलपुई से कोमजोल नामक गांव में आकर रहने लगे।

कुछ वर्ष तक कोमजोल में रहकर शासन किया फिर कोमजोल और आसपास के गांवों को किसी विश्वसनीय व्यक्ति के हाथों सौंप कर, वे दोनों बाइची नामक गांव में जाकर डेरा जमा लिये। कुछ वर्ष तक यहां भी अपनी इच्छानुसार लोगों के बीच रहे—उन पर शासन किया और रालवोङ गांव चले गए। वे रालवोङ गांव में भी कुछ वर्षों तक रहे। फिर आइथूर में और उसके बाद न्हाह्थियाल गांव में

जाकर बस गए। यहां भी उनका पड़ाव कुछ सालों तक ही रहा। अपनी हुकूमत की नींव पुख्ता करने के पश्चात् वे पुनः 1878 को रालवोङ में आकर बस गए। यहां वे करीब पांच साल तक रहे। सन् 1885 में वे देङलुङ गांव में जाकर बस गए। इस प्रकार वे एक गांव से दूसरे गांव जाते रहे। उन्होंने कहीं अपना स्थायी ठिकाना नहीं बनाया। रावलोङ गांव से पहले किसी भी जगह वे पांच वर्षों से अधिक नहीं रहे थे, परन्तु जानकारों के अनुसार देनलुङ में सबसे अधिक समय तक इन्होंने अपना डेरा जमाया था। 1893 में अंग्रेजी साम्राज्य के विरुद्ध विद्रोह का झंडा बुलन्द करने के कारण, जब अंग्रेजों ने इन्हें कैद किया, तब रौपुलियानी देनलुङ में ही थी। देनलुङ में प्रवास के दौरान ही इनके पति व़ानदूला पुत्री ललरौपुई और पुत्र दौतोना की मृत्यु हुई थी। कहा जाता है कि इनके पुत्र दौतोना की मृत्यु तात्कालिक ब्रिटिश अधिकारी जनरल ट्रीगर के हाथों आइथूर गांव में हुई थी। जनरल ट्रीगर आइथूर और उसके आसपास के छोटे-छोटे गांवों को अपने अधीन कर रानी रौपुइलियानी की शक्ति को कम करना चाहता था। रानी रौपुइलियानी के पुत्र दौतोना जनरल के मंसूबे को किसी भी हालत में पूरा होने नहीं देना चाहते थे। अतः संघर्ष अनिवार्य हो गया। जनरल तथा उनके सिपाहियों के आगे वे अधिक दिनों तक टिक न सके। अन्त में उनके अपने ही गांव आइथूर में, जनरल ने उनकी हत्या कर दी। दौतोना की मृत्यु के पश्चात उनके बच्चों– जो केवल एक और आठ वर्ष के थे को अपनी नानी रानी रौपुइलियानी के यहां शरण लेनी पड़ी।

मिजो इतिहासकारों के अनुसार रानी रौपुइलियानी ने कुल आठ सन्तानों को जन्म दिया था जिनके नाम और जन्म के वर्ष इस प्रकार हैं–

1. ललसावूता — वर्ष–1850 के आसपास
2. ललरौपुई — वर्ष–1852 के आसपास
3. ह्राङफुङ — वर्ष–1854 के आसपास
4. साङलियाना — वर्ष–1856 के आसपास
5. थनहुलह्आ — वर्ष–1858 के आसपास
6. दौतोना — वर्ष–1860 के आसपास
7. दारपुइलियानी — वर्ष–1863 के आसपास
8. ललठुआमा — वर्ष–1868 के आसपास

मई 1889 में जब रानी के पति वानदूला की मृत्यु हुई, तब रानी रौपुइलियानी ने अपने सलाहकारों के साथ व्यापक विचार-विमर्श करने के पश्चात् अपने अधीन गांवों में रानी बनकर राज करने की ठानी। इस प्रकार रानी

रौपुइलियानी का वास्तविक अस्तित्व सामने आया, जिसे उन्होंने अपनी मृत्यु तक कलंकित नहीं होने दिया।

रानी रौपुइलियानी का मुख्य उद्देश्य था अपने स्वर्गीय पति की इच्छाओं के अनुरूप तात्कालिन ब्रिटिश सरकार से विद्रोह कर, उन्हें मिजोरम से खदेड़ना। वे अपनी प्रजा को ब्रिटिश अधिकारियों पर विश्वास न करने तथा उन्हें रास्ता बनाने, पेड़ काटने, लोगों से जबरन गुलामों की तरह काम करवाने और कर वसूलने आदि को एकजुट होकर रोकने को कहतीं। उनका रवैया तात्कालिन ब्रिटिश अधिकारियों के प्रति बहुत ही कठोर और निषेधात्मक था। वे कहती थीं–

''इन फिरंगियों को कोई अधिकार नहीं है, जो इस तरह मिजोरम में आकर हमें अपने अधीन करने के लिए राजनीतिक चाल चलें।''

दरअसल फिरंगियों का मुख्य उद्देश्य तो मिजोरम, बर्मा तथा असम और आसपास के क्षेत्रों को अपने अधीन कर ब्रिटिश साम्राज्य का विस्तार करना था। अपने इस उद्देश्य की पूर्ति के लिए ब्रिटिश अधिकारियों ने तात्कालिन कई मिजो राजाओं को किसी न किसी बहाने अपने अधीन करना आरम्भ कर दिया था। अनपढ़ होते हुए भी रानी रौपुइलियानी फिरंगियों की चाल से बखूबी वाकिफ थीं। उन्होंने मरते दम तक फिरंगियों के मनसूबे को पूरा न होने देने की कसम खाई और विद्रोह का झंडा बुलन्द कर दिया।

अपने लोगों को एकजुट करने के लिए सबसे पहले उन्होंने अपने देवरों को (जो अलग-अलग गांव में हुकूमत करते थे) एकत्रित करना आरम्भ किया। इतना ही नहीं अपने लड़ाकुओं को भी फिरंगियों से दो-दो हाथ करने के लिए तैयार रहने की हिदायत दी, परन्तु नियति को कुछ और ही मंजूर था। जहां रानी रौपुइलियानी अंग्रेजी सैनिकों से दो-दो हाथ करने को तैयार बैठी थी, वहीं उनके ही परिवार के कुछ लड़ाकू तथा कुछ देवर चाहते थे कि अन्य राजाओं की तरह वे भी फिरंगियों से समझौता कर लें। उन लोगों का मानना था कि वे किसी भी तरह अंग्रेजी सेना का सामना नहीं कर पाएँगे। बेकार ही खून-खराबा होगा और अन्त में उन्हें हुकूमत से भी हाथ धोना पड़ेगा। परन्तु रानी रौपुइलियानी तो अंग्रेजों के प्रति जन्मजात विद्रोहिणी थी। उन्होंने सबको बुलाकर कहा–

''यदि वे चाहें तो संघर्ष का रास्ता छोड़कर अंग्रेजों से समझौता कर सकते हैं। परन्तु मैं न जीवन भर अंग्रेजों से समझौता करुंगी, न ही उनसे कोई बात। मेरा रास्ता तो सब कुछ दांव पर लगाकर आमरण संघर्ष का ही होगा।''

उन्हीं दिनों पश्चिमी लुसाई हिल्स के तत्कालीन अधिकारी एम.सी.मुरै (जिनकी नियुक्ति कैप्टन जॉन शेक्सपीयर की जगह हुई थी) ने एक नया अभियान छेड़ा। उस अभियान का उद्देश्य रानी रौपुइलियानी और उनके सबसे छोटे पुत्र ललठुआमा की शक्ति को कम कर, उन्हें ब्रिटिश अधिकारियों की आज्ञा के अनुसार चलने के लिए बाध्य करना था। परन्तु मुरै की चाल पूर्ण न हो सकी। रानी रौपुइलियानी ने अपने मातहत अन्य राजाओं को अपने सारे हथियार तथा बन्दूकें इत्यादि जमाकर लड़ाकुओं के एक बड़े जत्थे के साथ, उस समय के ब्रिटिश अधिकारियों के पश्चिमी मुख्यालय लुङलेई पर धावा बोलने के लिए तैयार होने का आदेश दिया। दुर्भाग्यवश रानी रौपुइलियानी की उस गुप्त मंत्रणा का पता सी.एस. मुरै को अपने गुप्तचरों द्वारा चल गया था। रानी रौपुइलियानी तैयारी में ही लगी थीं कि अगस्त 1893 को सैनिकों के साथ सी.एस. मुरै ने रानी के गांव पर धावा बोल दिया और उनके छोटे पुत्र ललठुआमा के साथ रानी को गिरफ्तार कर लिया।

उन्हें वहां से अपने मुख्यालय लुङलेइ तक रानी को पालकी पर बिठाकर लाना पड़ा क्योंकि रौपुइलियानी ने शेरनी की तरह मुरै और उनके सैनिकों का सामना किया था और कैद होने के बाद पैदल मुख्यालय तक किसी भी हालत में जाने से मना कर दिया था। इस तरह 12 अगस्त, 1893 को एक कैदी के रूप में रानी रौपुइलियानी लुङलेई के कैदखाने में डाल दी गईं। उस समय के ब्रिटिश अधिकारियों ने रानी को मनाने की बहुत कोशिश की। उनके सामने कई विकल्प भी रखे। उन विकल्पों में यदि रानी रौपुइलियानी ब्रिटिश साम्राज्य के प्रति विद्रोह की भावना छोड़कर अंग्रेजों द्वारा बनाए गए नियमों को स्वीकार कर लें, तो कैद से आजादी के साथ-साथ उन्हें फिर से राजपाट लौटाने की बात भी कही गई थी।

परन्तु स्वाभिमानी रानी रौपुइलियानी का ब्रिटिश साम्राज्य के प्रति एक ही जवाब था–"यदि गोरे चाहें तो अपने वतन लौट जाएँ और जैसे चाहें वैसे वहां राज करें। इनका कोई हक नहीं बनता कि हमारे देश में आकर हमीं पर हुकूमत चलाने की जुर्रत करें।"

रानी के स्वाभिमान को देखकर तत्कालीन ब्रिटिश अधिकारी भी अवाक् रह गए। उन्हें लुङलेई में दस महीने तक कैद रखा गया। जब भी दूर-दराज से गांव के मुखिया तथा स्थानीय राजा लोग उनसे मिलने आते थे, तो रानी उनसे ब्रिटिश साम्राज्य तथा उनके अधिकारियों पर विश्वास न करने और किसी न किसी तरह उन्हें अपने देश से खदेड़ने के लिए लामबंद होने को ही

कहती थीं। उन्हीं दिनों दो कैदी, जिन पर हत्या का आरोप था, किसी तरह 20 जनवरी, 1894 को रात तीन बजे भागने में सफल हो गए थे, जिसके चलते अंग्रेज अधिकारियों पर लोगों का विश्वास उठने लगा। इस घटना ने उन्हें रानी रौपुइलियानी के बारे में भी संजीदगी से सोचने पर मजबूर कर दिया। अन्त में यह फैसला लिया गया कि रानी को किसी तरह देमागिरी (वर्तमान टूलाबुङ) के रास्ते चिटगांव (वर्तमान बंग्लादेश) की जेल में पहुंचाया जाए।

रानी पैदल चलकर जाने को किसी भी हालत में तैयार नहीं थीं। अतः यहां भी उन्हें ले जाने के लिए अंग्रेज अधिकारियों को पालकी का ही सहारा लेना पड़ा। कई दिनों की यात्रा के बाद 18 अप्रैल 1984 मंगलवार के दिन एक विद्रोही कैदी के रूप में रानी रौपुइलियानी चिटगांव पहुंची। रानी के स्वाभिमान और देशभक्ति की कदर तो मन ही मन अंग्रेज भी करते थे, अतः उन्हें चिटगांव में सामान्य कैदियों के साथ न रखकर अलग रखा गया और उनकी सेवा के लिए प्रतिमाह 7 रुपये वेतन पाने वाले चार सेवकों की भी नियुक्ति कर दी गई। रानी पर उस समय के कानून के अनुसार रेगुलेशन ऑफ 1818 के तहत मुकदमा दायर किया गया था। इतना ही नहीं उन्हें अनुवादक के रूप में लललाइरमा नामक एक कर्मचारी भी दिया गया था।

चिटगांव में 5 महीने तक नजरबंद रहने के बाद रानी रौपुइलियानी अतिसार रोग से पीड़ित हो गईं। इस बीमारी के चलते 3 जनवरी, 1895 को पौ फटने से पहले रानी ने अपने प्राण त्याग दिये।

उनकी मृत्यु का समाचार यथाशीघ्र मुख्यालय लुङलेइ को दिया गया। समाचार मिलते ही 8 जनवरी, 1985 को कैप्टेन जॉन शेक्सपीयर, श्री गोरदन कुछ अधिकारियों और 25 सिपाहियों को लेकर रानी रौपुइलियानी के गांव के लिए रवाना हुआ। वहां गांव वालों से रानी के पार्थिव शरीर को चिटगांव से रालवोङ तक लाने के पश्चात् उन्होंने रानी को राजकीय सम्मान के साथ दफनाने आदि बातों पर चर्चा की। तत्पश्चात उन्होंने रानी के कुछ लड़ाकुओं को उनके पार्थिव शरीर को चिटगांव से रालवोङ लाने का भार सौंपा। इस प्रकार रानी के 10 लड़ाकू ललरमलियाना की अगुवाई में उनके पार्थिव शरीर को लेने 30 जनवरी, 1895 बुधवार को लुङलेई से चिटगांव के लिए रवाना हुए। वे 9 फरवरी, 1895 को चिटगांव पहुंचे और रानी के पार्थिव शरीर को लेकर 22 फरवरी, 1895 बुधवार को रानी के अंतिम गांव रालवोङ पहुंचे, जहां उनका विधिवत अंतिम संस्कार किया गया।

इस प्रकार एक स्वाभिमानी, स्वतंत्रता प्रेमी और अंग्रेजों की कट्टर विरोधी वीरांगना रानी रौपुइलियानी का अन्त हुआ। वे एक वीर, नीति परायण, देशप्रेमी ही नहीं बल्कि कुशल शासक तथा पारिवारिक दृष्टि से ममतामयी मां, दादी और अपनी बात पर अड़ी रहने वाली तत्कालीन मिजोरम की अभूतपूर्ण रानी थी, जिसके बारे में अब भी बहुत कुछ पता लगाना और लिखना बाकी है।

राजा तिरोत सिं

जीन साइमन इ्खार
अनुवाद : रमणिका गुप्ता

राजा तिरोत सिं का जन्म नॉङख्लाव प्रदेश के खाडसाउफ्र नामक ग्राम में हुआ। कुछ लोग इनका जन्म सन् 1800 ई. से 1805 ई. के मध्य मानते हैं। कुछ लोगों का मत है कि उनके पिता का नाम खेइन कॉङॉर नॉङकिन्रिह है तथा माता का नाम क्सान सिएम। वे माउम्लोह के राजा खुल्लप सिएम और नॉङख्लाव के राजा हाइन सिं सिएम की बहन थीं। तिरोत सिं के उज्ज्वल भविष्य के उत्थान में उनके मामा एवं माता-पिता का सहयोग था। सात वर्ष की आयु में ही दो गुरुओं ने उन्हें घर में अच्छी शिक्षा दी थी। उनके एक गुरु नांवंग के रहने वाले असमिया थे, जिन्हें साइक्या कहकर सम्बोधित किया जाता था। उन्होंने तिरोत सिं को असमिया भाषा में शिक्षित किया क्योंकि उस समय इस भाषा की जानकारी आवश्यक थी। वैसे भी उन दिनों कामरूप जिले का बॉर्द्वार क्षेत्र नॉङख्लाव साम्राज्य के अंतर्गत आता था। दूसरे गुरु जाराइन गांव के रोजेन थे। उन्होंने तिरोत सिं को अस्त्र-शस्त्र के प्रयोग की शिक्षा दी, जैसे धनुष-बाण, तलवार आदि।

साइक्या की सहायता से तिरोत सिं को तीन साल हेतु बॉर्द्वार के स्कूल में भेजा गया। इस प्रकार यह बालक असमिया में सिद्धहस्त हुआ। कुछ वर्षों बाद उन्हें लोहे का कार्य सीखने हेतु जाराइन गांव लाया गया। एक विद्यार्थी के रूप में पढ़ाए गए पाठों का अध्ययन एवं चिन्तन-मनन करने की उनमें लगन थी। बाल्यावस्था से ही वे साहसी थे और किसी के भी सामने नहीं झुकते थे। स्कूल के किसी भी कार्य या किसी अन्य कार्य, जैसे शिकार करना आदि में वे अपने साथियों का नेतृत्व किया करते थे। स्कूल छोड़कर जहां कहीं भी वे जाते अपने साथ धनुष-बाण लेकर जाना पसंद करते थे। लोहे के काम में अभ्यस्त होने के कारण वे एक अच्छे लुहार बने तथा तलवार आदि लोहे की वस्तुएँ बनाने में माहिर हो गए। इसके अतिरिक्त उन्हें दूसरे कामों जैसे रूई तथा मोमी पुष्प उगाना तथा

रेशम कीट पालना आदि में भी रुचि थी। तिरोत सिं अपने इन गुणों को स्वय तक सीमित रखने में सतुष्ट नहीं थे अपितु वे दूसरों को भी ऐसे कार्यों की शिक्षा देते थे।

बचपन से ही वे अपने मामाओं द्वारा किए गए राजनीतिक कार्यों को ध्यान से देखते थे। तिरोत सिं 25 वर्ष की आयु से पहले ही राजा के पद पर प्रतिष्ठित हो गए थे। हालांकि राजनीतिक कार्य दरबार के मंत्री संभालते थे, लेकिन उनकी मां क्सान सिएम भी अपनी ओर से उन्हें कामकाज में सलाह एवं राय देती थीं। एक परिपक्व एवं परिपूर्ण राजा वे सन् 1826 ई में ही बने। हाम्लेट बारेह डापकिन्ता ने लिखा है–''नॉङख्लाव के राजा कॉनराय सिंह सिएम की मृत्यु के पश्चात् तिरोत सिं सिएम राजा नियुक्त हुए क्योंकि कॉनराय का भतीजा रिजोन सिएम उस समय नाबालिग था। इस प्रकार एक समझौते के अनुसार कि रिजोन जब परिपक्व हो जाएँगे तो तिरोत सिं उन्हें अपना सिएम का राज्य पद सौंप देंगे– तिरोत सिं को पहले ही शासन संभालने की इजाजत दे दी गई।''

तिरोत सिं सिएम को एक कार्यकुशल राजा के रूप में विकसित किया गया, जिसके परिणामस्वरूप वे एक वीर योद्धा बने। वे अपने वचन को अपने उच्च चिंतन के धरातल पर प्रतिष्ठित करते थे। वे वास्तव में एक बुद्धिमान व्यक्ति थे। वे एक दूरदर्शी, स्पष्टवादी एवं विश्वासपात्र व्यक्ति के रूप में जाने जाते थे। अपने देश के लिए मर मिटना उनका लक्ष्य था। उनके संपर्क में आने वाले लोग उनके इस व्यवहार एवं चिंतन से प्रभावित होकर उनका सम्मान करते थे। साथ ही वे बहुत विनम्र थे। वे दूसरों को अपने ही समान समझते थे। इससे सभी लोग स्वतंत्रता-पूर्वक अपने भावों को उनके समक्ष अभिव्यक्ति कर सकते थे।

जब भी दरबार में बैठक होती थी, वे अपने मंत्रियों एवं लोगों को राज्य में एकजुट होकर कार्य करने का आदेश देना नहीं भूलते। उन्हें इस बात पर विश्वास था कि एकता में ही शक्ति होती है। वे अपने मंत्रियों एवं राज्य में रहने वाले लोगों की कठिनाइयों को जानने का प्रयत्न करते और अपने मंत्रियों को भी सुरंग बनाने के लिए प्रशिक्षित करते थे ताकि युद्ध के समय उनकी सुरक्षा हो सके।

अंग्रेजों के साथ खासी युद्ध का प्रारम्भ

तिरोत सिं और अंग्रेजों का टकराव तब हुआ जब एक नवम्बर, 1826 में नॉङख्लाव राज्य के खासी दरबार में तय किए गए वायदे को डेविड स्कॉट ने तोड़ दिया। अतः इस दरबार में उनके बीच यह समझौता हुआ कि सिलहेट में आने-जाने एवं

व्यापार हेतु सुविधा के लिए नॉङख्लाव राज्य द्वारा कामरूप तक मार्ग खोला जाए तथा अंग्रेजों द्वारा बॉर्द्वार की जमीन लौटा दी जाए। इसके पश्चात् दरबार में यह भी प्रस्ताव रखा गया कि अंग्रेज शत्रुओं से खासियों की रक्षा करेंगे तथा राज्य के किसी भी कार्य में हस्तक्षेप नहीं करेंगे। वे सीधे अपने कार्य में लगे रहेंगे एवं युवतियों के मार्ग में कोई विघ्न नहीं डालेंगे। किन्तु कम्पनी ने ये सारे वचन केवल कहने के लिए दिये। उसके सभी काम उलटे ही होते रहे। कम्पनी के ऐसे व्यवहार ने खासियों को गहरी चोट पहुंचाई, क्योंकि खासी अपने दरबार को पवित्र स्थल मानते हैं। उस दरबार में किए गए वचनों को कदापि तोड़ा नहीं जा सकता। खासियों की नज़र में अंग्रेजों का वचन तोड़ना उनका विश्वासघात था। इस प्रकार तिरोत सिं एवं अंग्रेज सरकार (साहब डेविड स्कॉट के नेतृत्व में) के बीच 1829-1834 तक युद्ध हुआ। अंग्रेजों द्वारा अर्थात् कंपनी के कर्मचारियों द्वारा स्त्रियों को बेआबरू करने से खासियों को काफी आघात पहुंचा था। अंग्रेजों ने लगान लेना भी प्रारम्भ कर दिया था, जो खासी व्यवस्था में पहले कभी घटित नहीं हुआ था।

तिरोत सिं राजा थे। उन्हें अपनी जनता के दुःख-दर्द और शिकायतों से असहनीय कष्ट पहुंचा। तिरोत सिं ने तय किया कि वे दूसरे साम्राज्यों के राजाओं, मंत्रियों एवं लाइटकिन्सउ, माउम्लोह, सोहरा, माउलांग, माउसिन्राम जैसे अन्य खासी गांवों के साथ एकजुट होकर संघर्ष करेंगे। उन्होंने स्पष्ट किया कि—हालांकि उन्हें खून-खराबा पसंद नहीं है फिर भी उस रोग को समाप्त करना ही होगा, जिससे देश पीड़ित है। बराबर ऐसा ही होने पर भविष्य में ऐसी घटनाएँ दोहराए जाने के खतरे की भी आशंका बनी रह सकती थीं। उनकी राय में अंग्रेजों के इन कुकर्मों ने देश को भ्रष्ट कर दिया था—इसलिए उन्हें जड़ से उखाड़ फेंकना आवश्यक था। इन्हीं सब कारणों से उन्होंने अंग्रेजों के विरुद्ध लड़ने का दृढ़ संकल्प लिया और देश के निवासियों को अपने अधिकारों के लिए लड़ने की प्रेरणा दी तथा गुलामी की अपेक्षा मृत्यु को अधिक महत्त्व देने को प्रोत्साहित किया। तिरोत सिं ने अपने संदेश में सारे खासी राजाओं को डेविड स्कॉट के षड्यंत्र से भी सावधान होने को कहा।

तिरोत सिं के इस अनुरोध से कि अन्य खासी राजा डेविड स्कॉट के जाल में न फंसे, लगभग सारे खासी राजा उनका साथ देने को तैयार हो गये। केवल मोहरा साम्राज्य के राजा दुआन सिं ने डेविड स्कॉट का साथ दिया। अंग्रेजों ने लाइटकिन्सउ एवं माउम्लोह के किले तहस-नहस कर दिए थे, किन्तु इससे राजा तिरोत सिं कतई भयभीत नहीं हुए। अपितु उन्होंने शत्रुओं का साहसपूर्वक सामना

किया तथा शक्ति अर्जित करने हेतु गारो, सिंफो, खामती, बर्मी तथा आहोम लोगों से सहयोग मांगा। खासी जनजाति के मिल्लेम क्षेत्र के राजा बॉर मानिक सिएम, जिडॉर सिं सिएम, माहराम के राजा रामसिं सिएम आदि ने भी उनकी सहायता की।

खासी राज्यों में घोर युद्ध छिड़ गया। प्रतिदिन खून-खराबा होने लगा। अंग्रेजों ने तोपों एवं बंदूकों के साथ खासी राज्यों में प्रवेश किया। दरअसल उन्होंने बॉर मानिक सिएम तथा तिरोत सिं को गिरफ्तार करने की नीयत से आक्रमण किया था और वे मिर्यान एवं राम्ब्राय क्षेत्र तक पहुंच भी गए थे। मॉनभूत, लॉर्शन जाराइन तथा खेइन कॉङार जैसे खासी नेताओं ने शत्रुओं से अपने लोगों की रक्षा करने में कोई कसर नहीं छोड़ी थी। मारे गए लोगों में अंग्रेजों की संख्या भी कम नहीं थी। अतः उन्होंने तिरोत सिं से शान्ति का प्रस्ताव रखा। किन्तु अंग्रेजों द्वारा किए गए अत्याचारों एवं अपने लोगों के विनाश के मद्देनज़र उनके शान्ति-प्रस्ताव को नकार दिया। जैसे-जैसे युद्ध बढ़ा, तिरोत सिं के साथियों ने एक मत होकर किलों को नॉङख्लाव से 'क्रेम तिरॉत' की ओर ले जाने का फैसला किया। यह गुफा 'लोग डेंग्येई' के समीप थी, जहां शत्रुओं का पहुंचना दुर्लभ था। वहां से तिरोत सिं समय-समय पर असम एवं बंगाल (अब बंगलादेश) में भी संदेश पहुंचा सकते थे।

जून, 1830 के एक पत्र से यह प्रमाणित एवं स्पष्ट प्रतीत होता है कि डेविड स्कॉट युद्ध न रोक सकने एवं खासियों को झुकाने में असमर्थ होने के कारण पूरी तरह टूट गए थे। कहा जाता है कि खासी योद्धाओं की शक्ति एवं वीरता से भयभीत होकर डेविड स्कॉट सोहरा भाग गये थे। तिरोत सिं के लोग उसे पकड़ नहीं पाए थे। बाद में स्कॉट कैप्टन लिस्टर तथा लिल्हेट के लोगों की सहायता से फरार हो गये। बहुत से स्त्री एवं पुरुषों ने अंग्रेजी सिपाहियों के विरुद्ध लड़ने की तैयारी कर ली थी, यद्यपि उन्हें यह ज्ञात था कि देश की स्वतंत्रता हेतु उन्हें अपने जीवन की आहुति भी देनी पड़ेगी। लेफ्टिनेंट बेडिंगफील्ड ने कभी कल्पना भी नहीं की थी कि वह खासियों के हाथों मारा जाएगा। उसने डेविड स्कॉट की चेतावनी को भी अनसुना कर दिया था। फलतः खासी योद्धाओं ने उसे मृत्यु के घाट उतार दिया। नॉङख्लाव में स्थित अंग्रेजों के डाकबंगले को भी जला दिया गया था। इसके पश्चात् तिरोत सिं द्वारा असम के राजा चंद्रकान्त, भट्टो एवं सिंफो लोगों के पास गुप्तचर भेजे गए। कैप्टन लिस्टर के दल ने 'सिल्हेट लाइट इन्फैंट्री' की मदद से स्वयं को शक्तिशाली बनाया और नॉङख्लाव में प्रवेश हेतु इन सिपाहियों को इकट्ठा किया।

राजा तिरोत सिं ने भी अपने दल इकट्ठे किए तथा उन्होंने डेविड स्कॉट एवं कैप्टन लिस्टर से सीधा मोर्चा लेने का फैसला किया। वे डेविड स्कॉट द्वारा किए गए वचन के विषय में भी बात करना चाह रहे थे। वे स्कॉट को बताना चाहते थे–''यदि वे शांति चाहते हैं, तो हमारे इस प्यारे देश से हमेशा के लिए निकल जाएँ। अपनी आत्मीयता एवं विश्वास के साथ हमने आपको (अंग्रेजों को) हमारे इस पर्वतीय देश में आने की अनुमति दी थी। डेविड स्कॉट ने भी पहले स्वयं हमें यह आश्वासन दिया था कि अंग्रेजों की यह कंपनी खासियों के जीवन पर कोई भी बुरा असर नहीं डालेगी। ना ही उनके रास्ते में कोई विघ्न डालेगी... लेकिन आपने यहां कुछ ही समय के लिए रह कर हमारे देश के लोगों को रक्त एवं आंसुओं से भर दिया।''

तिरोत सिं द्वारा भेजे गये उक्त संदेश के बावजूद अंग्रेज युद्ध करते रहे और डेविड स्कॉट एवं कैप्टन लिस्टर ने नॉङ्ख्लाव पर कब्जा कर लिया। किन्तु तिरोत सिं पीछे नहीं हटे। उन्होंने दूसरा मार्ग खोज निकालने का निश्चय किया, जिससे अंग्रेजों को झुकाया जा सके। इस बार उन्होंने बुद्धि से काम लिया। डेविड स्कॉट के साथ आए एक अंग्रेज डॉ. बीडन को अपने बाणों के तीखे प्रहार से घायल कर दिया। 25 मई, 1829 में उसकी मृत्यु हो गई। पूरे तीन साल तक लड़ाई चली। सुनने में आया था कि डेविड स्कॉट की मृत्यु भी अगस्त 1831 में हो गई थी। उनकी मृत्यु के पश्चात् कंपनी का भार जे.सी. रॉबर्टसन ने उठाया और कम्पनी के कार्य को आगे चलाया। वह भी तिरोत सिं और उनके लोगों की दृढ़ता से भली-भांति परिचित था। अतः तिरोत सिं की शक्ति का अनुभव कर अंग्रेजों ने पुनः शांति स्थापित करने का प्रस्ताव रखा किन्तु तिरोत सिं को यह कतई मंजूर नहीं था।

वे अंग्रेजों की चाल से भली-भांति परिचित हो गए थे, इसलिए वे अपने फैसले पर अडिग रहे। उन्होंने अंग्रेजों को उस मार्ग से आने-जाने से रोक देने का आदेश दिया, जो उनके राज्य से निकलता था। उन्होंने अंग्रेजों को इस पर्वतीय खासी देश को छोड़ने का भी आदेश दिया। अंग्रेज भी अपने फैसले पर दृढ़ थे, इसलिए फिर से लड़ाई शुरू हो गई। कलकत्ते में कैप्टन लिस्टर ने अपने दरबार में अपने लोगों को हुक्म दिया कि वे तिरोत सिं को संदेश दें कि वे आत्मसमर्पण कर दें, नहीं तो उन्हें एक 'कातिल' एवं 'जंगली खूनी' के रूप में बंदी बना लिया जाएगा। उस समय तिरोत सिं को 'खासी शेर' के नाम से जाना जाता था। अंग्रेजों ने कई रास्ते बनाए तथा जाल बिछाने के कई उपाय सोचे, जिससे तिरोत सिं पकड़े जा सकें और उनका शासन नष्ट हो जाए। मैदानी क्षेत्र से आने वाले खाद्य पदार्थों को बंद

कर देने की योजना भी बनाई गई ताकि खासी भूखे मर जाएँ और अंत में वे उन्हें झुकाने को विवश कर दें। अंग्रेजों ने तिरोत सिं को पकड़ने का एक छल-कपट भरा उपाय सोचा। जैसे-जैसे युद्ध तेज होता गया अंग्रेज़ हताहतों की संख्या भी बढ़ती गयी। तिरोत सिं ने सोचा कि शायद अंग्रेज वास्तव में शान्ति चाहते हैं। अतः वे अंग्रेजों से मिलने के लिए सहमत हो गए। इस बीच अंग्रेजों ने अपने सैनिकों को उन्हें गिरफ्तार करने के लिए पहले से ही तैयार कर रखा था। अंग्रेजों ने दिखावे के तौर पर तिरोत सिं एवं उनके दल के समक्ष कसम खाई कि आघात पहुंचाने वाले हथियार नहीं उठाए जाएँगे तथा अपने लोगों को आदेश भी दे दिया कि तिरोत सिं एवं उनके लोगों को कोई हाथ नहीं लगाएगा। वास्तव में यह सब तिरोत सिं को पकड़ने की एक घिनौनी चाल थी। इस चाल को सफल बनाने के लिए अंग्रेजों ने तिरोत सिं को जो संदेश दिया वह इस प्रकार था–

"अब अंग्रेज आपके साथ मित्रता एवं शान्ति का प्रस्ताव रखते हैं।" तिरोत सिं ने इस संदेश को सुना।

उन्होंने मुकाबला करने के लिए अपने पास हथियारों की कमी को महसूस किया। अंततः उन्होंने भी अंग्रेजों का स्थापना का शान्ति प्रस्ताव मंजूर कर लिया। अपनी सहमति प्रकट करने के लिए उन्होंने अंग्रेजों के समक्ष अपनी तलवार से नमक चाटकर शपथ खाने के रीतिगत ढंग का प्रदर्शन किया। अंग्रेजों ने भी वैसा ही किया। परन्तु अचानक एक अंग्रेज ने दूसरे अंग्रेज साथी को इशारा किया और उनके प्यादे राजा तिरोत सिं को बंदी बनाने हेतु आगे बढ़े। यहां पुनः अंग्रेजों ने शान्ति का प्रस्ताव रख कर केवल इसलिए विश्वासघात किया कि तिरोत सिं को गिरफ्तार किया जा सके। तिरोत सिं को बहुत क्रोध आया और इस अंतिम स्थिति में उन्होंने न झुकने का पुनः दृढ़ संकल्प लिया। उन्होंने अंग्रेजों की कायरता एवं घिनौनी चाल की तीव्र आलोचना की। तिरोत सिं अंततः पकड़े गए तथा उन्हें माइरांग लाया गया। इसके बाद उन्हें ढाका भेजा गया, जहां उनके बारे में फैसला किया जाना था। ढाका में वे बंदीगृह में पड़े रहे, जहां उन्हें घोर कष्ट दिया गया। अंग्रेज सरकार का यह हुक्म था कि यदि तिरोत सिं उनके इशारों पर चलेंगे तो वे उन्हें मुक्त कर देंगे। किन्तु तिरोत सिं अंग्रेजों का छल समझ गये थे। उन्हें गिरफ्तारी का कोई गम नहीं था। अंग्रेजों की इस छद्म मनोवृत्ति की आलोचना करते हुए उन्होंने कहा–"गुलाम होकर सिंहासन पर बैठकर जीने से कहीं अच्छा है एक बंदी बनकर वीर राजा के रूप में मरना।"

युद्ध समाप्त न कर पाने के कारण उन्होंने अपने नौकर के समक्ष अपनी ग्लानि व्यक्त की। बंदीगृह में उन्होंने अपने नौकर से उदास एवं हताश होकर कहा

कि जब उसे (नौकर को) अपने देश लौटने का अवसर मिले, तो वह अपने सभी लोगों को बता दे कि उनके राजा तिरोत सिं एक वीर योद्धा की भांति शहीद हो गए।

वस्तुतः तिरोत सिं मरते दम तक झुके नहीं तथा 17 जुलाई, 1835 में वीरगति को प्राप्त हो गए। उनकी यह देशभक्ति भावना चिरकाल तक जीवित रहेगी। माइरांग, स्टेट सेंट्रल लाइब्रेरी के आगे और दूसरी कुछ जगहों पर देश के इस वीर योद्धा के नाम पर स्मारकों के निर्माण किए गए।

संदर्भ

1. एच. बारेह–'हिस्ट्री ऐंड कल्चर ऑफ खासी पीपल'
2. 'द खासी कल्चरल सोसायटी', 'यू तिरोत सिं साविनियर' (1984)
3. वी.जी. बारेह–'का ड्रामा यू तिरोत सिं' (1957)
4. ए.जी.एम. मिल्स 'रिपोर्ट ऑफ द खासी ऐंड जैन्तिया हिल्स' (1853)
5. रेगिनाल्ड नाङकिनरिह, 'का बनियात नामार का बनियात (1985)
6. रामकृष्ण मिशन, 'यू तिरोत सिं' (1978)

यू कियाङ नङबाह : जैन्तिया संघर्ष के नायक

प्रस्तुति : शोभन एन. लमारे
अनुवाद : अक़ील क़ैस

यू कियाङ नङबाह के बारे में लिखने तथा आत्माभिव्यक्ति एवं स्वतंत्रता के लिए उनकी तथा उनके अनुयायियों की भूमिका को याद करने की उत्कंठा मेरे मन में उनकी 140वीं पुण्यतिथि पर जागी। यू कियाङ नङबाह जोवाय स्थित 'त्पेप' नामक स्थान में 'का रिमय' के घर पैदा हुए। उनकी जन्मतिथि ज्ञात नहीं है पर कहा जाता है कि 1862 में जब उनका देहांत हुआ, उस समय वे लगभग 35-40 वर्ष के थे। यू कियाङ नङबाह अपने हम वतनों की परंपराओं को आत्मसात करते हुए जवान हुए तथा युद्ध कौशल एवं जनकार्यों आदि के देशज तौर-तरीकों का प्रशिक्षण अपने परिवार के बड़े बुजुर्गों तथा स्थानीय दिग्गजों से लिया।

यू कियाङ नङबाह मज़बूत काठी के थे। छोटे-मोटे कामों को करने में भी वे असाधारण कौशल रखते थे। एक कुशल योद्धा होने के अलावा वे एक अच्छे, तैराक और सधे हुए घुड़सवार भी थे। राजा तिरोत सिं से हुए अंग्रेजों के संघर्ष की घटना से जैन्तिया पहाड़ी के लोगों में क्रोध की लहर दौड़ गई। उस समय जिस तरह की घटनाएँ घट रही थीं, उससे यू कियाङ नङबाह छोटी-सी उम्र में ही बहुत अधिक प्रभावित हुए थे। जैसे-जैसे वे बड़े होते गए, अंग्रेज़ों की नीतियाँ और उनके इरादे उन्हें स्पष्ट रूप से समझ में आने लगे थे। उसके बाद के वर्षों में उनकी भूमिका में क्रांतिकारी परिवर्तन आया।

अंग्रेज़ विरोधी जनभावनाओं में तब तीव्र उफान आया, जब 1949 में अंग्रेज एजेंट कर्नल लिस्टर ने ब्रिटिश सरकार को जैन्तिया लोगों पर टैक्स लगाने का प्रस्ताव दिया। प्रस्ताव हालांकि सरकार ने स्वीकार नहीं किया। 1853 में मिल्स नामक महाशय ने सरकार का ध्यान फिर इस मुद्दे की ओर खींचा, जिसके अनुसार जैन्तिया लोगों द्वारा ब्रिटिश आधिपत्य में होने के प्रतीक स्वरूप एक राशि, चाहे वह नगण्य ही क्यों न हो, वसूलने का प्रस्ताव किया गया था। इस प्रस्ताव का

एलेन महाशय ने समर्थन किया और 1858 में उसने गृह-कर लगाने की अनुशंसा की। सरकार ने अपने प्रशासनिक तंत्र में इस सलाह को शामिल करते हुए कोई सीधी कार्यवाही नहीं की। उस समय उक्त जिले के उपायुक्त 'रौलेट' थे।

एक बार अंग्रेजों ने सुमेर वंश के जोवाय क्षेत्र के लोगों पर अपने मृतकों की अंत्येष्टि अपने पारंपरिक शवदाह मैदान में करने पर प्रतिबंध लगा दिया गया। अंग्रेजों के इस रवैये को लेकर जनता ने बरतानवी सरकार के विरुद्ध विद्रोह छेड़ दिया।

1860 में जैन्तिया हिल्स में गृह-कर लगाया गया। इसके लागू होने के कुछ ही महीनों में जनता इसके विरोध में उठ खड़ी हुई, जो इतिहास के पन्नों में 1860 के जैन्तिया संघर्ष के रूप में दर्ज है। कर्नल रिचर्डसन के नेतृत्व में 44वीं नैटिव इन्फैंट्री द्वारा इस विद्रोह को दबा दिया गया। अधिकांश जैन्तिया लोगों ने, जिन्हें इस विरोध के जुर्म में दंडित किया गया था, इसका प्रतिशोध लेने का प्रण लिया।

अंग्रेज अधिकारियों की गतिविधियों ने प्नार लोगों को मूकदर्शक नहीं बने रहने दिया। सोलोमन दोहलिंग नामक एक अंग्रेज़ दारोगा ने नांङ्ग्नगी के जंगल में एक बंदर को गोली मार दी। लोग इस घटना को लेकर क्रुद्ध हो गए। बंदरों को खासी जैन्तिया लोग पवित्र मानते हैं और चूंकि बंदर के शिकार की यह घटना पवित्र जंगल की सीमा के अंदर घटी थी, इसलिए लोगों के प्रचंड क्रोध को देख दारोगा को अपनी जान बचाने के लिए वहां से भागना पड़ा।

1861 के आरंभ में अंग्रेजों द्वारा जनता पर आयकर भी लगा दिया गया। जैन्तिया लोगों ने अंग्रेजी प्रशासन को स्पष्ट रूप से जता दिया था कि उन्हें नाम मात्र का टैक्स भी स्वीकार्य नहीं है। उसी साल व्यापार तथा अन्य वस्तुओं पर नई चुंगी लगाए जाने का समाचार भी फैला। वर्ष के अंत में जाड़े के महीने में थालोंग नामक स्थान में 'काशाद पास्तिएह' नामक पारंपरिक उत्सव मनाने के लिए बड़ी संख्या में लोग जमा हुए। इस अवसर पर वहां एकत्रित लोगों से उनके हथियार, जिन्हें वे उत्सव में इस्तेमाल के लिए लाए थे, ब्रिटिश पुलिस ने ज़ब्त कर लिए और उनकी आंखों के सामने ही उन्हें जला कर नष्ट कर दिया।

इन अनुचित कार्रवाइयों से जनता तथा ब्रिटिश सरकार के अधिकारियों के बीच के संबंध बिगड़ गए। इसकी परिणति 12 दोल्लोइयों के दरबार बुलाने में हुई ताकि स्थिति से अवगत करा कर जनता को अंग्रेज़ों का विरोध करने का औचित्य समझाया जा सके। दोल्लोइयों का यह दरबार साइन्त क्सियार स्वर्णफूल नदी के तट पर आयोजित हुआ था। यू कियाङ नङबाह का स्मारक उस स्थान पर आज भी खड़ा है। इस दरबार में बड़ों द्वारा जोवाय तथा आसपास के क्षेत्रों में हुई घटनाओं

का आकलन करने के बाद यह तय किया गया कि अंग्रेज़ों के विरुद्ध एक जनआंदोलन शुरू किया जाए। किंवदंतियों में इस दरबार में एक प्रस्ताव पारित किए जाने की चर्चा मिलती है, जिसमें कहा गया था कि जो व्यक्ति नदी में डुबकी लगा कर उसके तल से एक विशेष जलीय पौधा निकाल लाएगा, वही समग्र जैन्तिया जनता का नेता माना जायेगा। यू कियाङ नङबाह पहले ही अंग्रेजों को टैक्स नहीं देने की लोगों से अपनी अपील के कारण प्रतिष्ठा अर्जित कर चुके थे। इस स्पर्द्धा में कियाङ नङबाह के अलावा अन्य कई लोगों ने भाग लिया पर नङबाह ही वह जलीय पौधा लाने की प्रतिस्पर्धा में सफल हुए। नार्तियाङ के दोलोई ने अपना कवच कियाङ नङबाह को पहना कर ब्रिटिश साम्राज्यवाद के विरुद्ध जैन्तिया जनता की लड़ाई का नेतृत्व उनके हाथों में सौंप दिया। यह 1861 के अंत की बात है।

1862 के आरंभ में यू कियाङ नङबाह और उनकी जनता ने अस्त्र-शस्त्र और आयुध बनाना, जगह-जगह लकड़ी के अवरोध खड़ा करना तथा अनाज एकत्रित करना शुरू कर दिया। संघर्ष के दूसरे चरण का आरंभ यू कियाङ नङबाह द्वारा 20 जनवरी, 1862 को एक पुलिस थाने पर आक्रमण कर, उसे पूरी तरह नष्ट कर देने से हुआ। इसके साथ ही पूरे जैन्तिया पहाड़ी प्रदेश में विद्रोह फैल गया। प्नार जनता ने अंग्रेजों के विरुद्ध गुरिल्ला पद्धति से लड़ाई लड़ी। कभी-कभी लोगों को पिस्तौल, राइफल तथा तलवारों से सज्जित कर योद्धाओं के पारंपरिक पोशाक में युद्ध में भाग लेने को भी प्रेरित किया गया।

इस विकट चुनौती से निबटने के लिए ब्रिटिश सरकार ने मार्च, 1862 में आर्म्स एक्ट के प्रावधानों का प्रभाव क्षेत्र जैन्तिया हिल्स तक बढ़ा दिया। इस प्रकार ड्यूटी पर तैनात अधिकृत व्यक्तियों को छोड़ कर अन्य सभी लोगों द्वारा अपने साथ ले जाना निषिद्ध कर दिया गया। अप्रैल माह में उसी वर्ष ब्रिगेडियर जनरल जी.डी. शावर्ज़ को विशेष आयुक्त बनाकर और जैन्तिया जिले के सैनिक-असैनिक दोनों प्रकार के नियंत्रण उसके हाथों में दे दिये गये। 2000 सिख सिपाहियों का एक सैन्य दल भी उसके साथ कर दिया गया। निकट के मैदानी क्षेत्र से अतिरिक्त कुमुक भी मंगाई गई। विद्रोहियों की खोज और सफाई अभियान इन कुमुकों के पहुंचने पर तेज़ी पकड़ता गया। ब्रिटिश फौजों ने गांव के गांव नष्ट करने शुरू कर दिये पर जनता यू कियाङ नङबाह के नेतृत्व में बहादुरी से लड़ती रही। दिसम्बर के महीने तक जे. एच. थौर्नटन के अनुसार जोवाय में पांच से छह हजार सैन्य दल एकत्रित हो गए, जिनमें मेजर थेलवाल के अधीन 21वीं रेजिमेंट नैटिव इन्फ्रैन्ट्री, कैप्टन कॉर्डनर के अधीन यूरेशियन बैटरी आफ आर्टिलरी तथा नैटिव इन्फ्रैंट्री 44वीं तथा 28वीं रेजिमेंट थी।

यू कियाङ नङबाह के बीमार पड़ जाने से घटनाओं ने एक संकटपूर्ण मोड़ ले लिया। यू कियाङ नङबाह पीछे हटते हुए माइन्सर (अब असम के कार्बी आंग्लोंग जिले में स्थित) चले गए। इसी स्थान पर रुग्णावस्था में ही उनके अपने असंतुष्ट साथी ने अंग्रेजों द्वारा एक हजार रुपये दिये जाने के प्रस्ताव के लालच में फंस कर यू कियाङ नङबाह के साथ धोखा किया और 27 दिसंबर, 1862 को उन्हें गिरफ़्तार करवा दिया। गिरफ़्तार यू कियाङ नङबाह को जोवाय ले जाया गया। उसी वर्ष 30 दिसंबर को एक मुकदमे का स्वांग करने के बाद उन्हें फांसी की सजा दे दी गयी। फांसी उसी दिन सूर्यास्त के समय लौमुसियाङ (जहां अब बाज़ार है) में दी गयी। स्थितियों के इस तरह अचानक पलट जाने से यू कियाङ नङबाह ज़रा भी विचलित नहीं हुए। फांसी के तख़्ते तक वे वीरतापूर्वक गए और वहां जमा हुई अपनी जनता की ओर मुड़ कर उन्होंने कहा, "मेरे मरने पर मेरा चेहरा यदि पूरब की ओर मुड़ गया तो हमारा देश सौ वर्षों के भीतर ही आज़ाद हो जाएगा, पर यदि मेरा चेहरा पश्चिम की ओर मुड़ गया तो इसका उल्टा होगा।" जब वे फांसी के तख़्ते पर झूल गए तो उनका चेहरा अपने देशवासियों को आशा की किरणें बिखेरता हुआ पूरब दिशा में मुड़ा हुआ था। उनके शहीद होने के 100 वर्षों के भीतर ही ब्रिटिशों को भारत से भागना पड़ा। इस तरह देश के इस सच्चे सपूत की भविष्यवाणी सच निकली।

अंग्रेजों ने जैसा चाहा था, यू कियाङ नङबाह की शहादत से क्षेत्र में पूर्ण शांति-व्यवस्था कायम नहीं हुई। जेम्स हावर्ड थौर्नटन के संस्मरणों के अध्ययन से स्पष्ट होता है कि जैन्तिया की जनता ने अपने नेता के शहीद होने से उत्तेजित तथा अभिप्रेरित हो कर अपना संघर्ष पुनः शुरू कर दिया। 1863 की जनवरी के आरंभ में कर्नल डंसफोर्ड के अधीन ब्रिटिश सेना ने अंतिम निर्णायक प्रहार किया और मार्च 1863 के आरंभ होते-होते संघर्ष लगभग समाप्त कर दिया गया। कुछ दल इसके बाद भी सक्रिय थे जिनके दमन के लिए मेजर थेलवॉल की अगुवाई में देशी पैदल सेना की 21वीं 44वीं रेजिमेंटें भेजी गयीं। इस सेना को कई छोटे समूहों में बांट दिया गया ताकि बचे हुए सशस्त्र विद्रोहियों को छितरा कर उनसे निपटा जा सके। इस सम्मिलित अभियान से विद्रोही समूह पूरी तरह हतोत्साहित और निराश हो गए और मार्च 1863 तक अंग्रेजों का यह अभियान समाप्त हो गया।

यह पूरा संघर्ष 'यू कियाङ नङबाह' के निश्चय और साहस पर टिका रहा। यू कियाङ नङबाह ने अपनी जनता और देश के लिए अपने प्राण न्यौछावर कर दिए। जैन्तिया पहाड़ी क्षेत्र में लड़ा गया यह अंतिम युद्ध था। तब से प्नार जनता का इतिहास शांत रहा है।

का फन नाङलेट
खासी स्वतंत्रता संग्राम की जांबाज़ महिला

प्रस्तुति : किनफामसिं नौङकिनरीह
अनु. : रमणिका गुप्ता

प्रथम खासी स्वतंत्रता संग्राम जो हिमा नौङखला के सिएम. तिरोत सिं के नेतृत्व में हुआ था—ने अनेक ऐसे नायक पैदा किए जो दैनन्दिन जिन्दगी में बिल्कुल आम आदमी थे लेकिन देश की आज़ादी के जज़्बे ने उन्हें जोखिम उठाने वाले जांबाज़ में परिवर्तित कर दिया था। इन लोगों ने आम आदमी होते हुए भी शौर्य और आत्म-बलिदान के असाधारण कार्य किए, जो अप्रत्याशित थे। इन सबसे अद्‌भुत और बहादुरी में चैम्पियन न तो मनभूत थे और न ही वीर योद्धा लौरसनजरेन, खेनकौङगोर या जिदोर सिंह! अगर कोई था तो वह थी एक महिला, जिसे उस आज़ादी के युद्ध में कोई भी पहले से नहीं जानता था। उसका नाम था–'का फान नांगलेट!' यह कहानी खासी युद्ध के दौरान उसके अद्‌भुत और अजूबे कारनामों और करिश्मों की है।

अंग्रेजों ने कैसे अपना पहला क़दम यू हिन्यूट्रेप और नौङखला के राज्य की धरती पर रखा, यह ब्यौरा सर्वविदित है? पूर्वोत्तर के अंग्रेज़ विजेता डेविड स्कॉट ने बहुत ही नम्रता से हाथ जोड़कर तिरोत सिं से गुहाटी को सिलहट से जोड़ने हेतु नौङखला से होते हुए एक सड़क बनाने की इजाज़त मांगी थी। उसके बदले में डेविड स्कॉट ने यह वादा किया था कि वे तिरोत सिं को बोरदुआर का वह क्षेत्र वापस कर देंगे जिसे अंग्रेज़ों ने अपने कब्ज़े में ले लिया था। यहां यह बताना ज़रूरी है कि बोरदुआर नौङखला से कामरूप तक का मुख्य द्वार था।

इजाज़त मिलने के बाद डेविड स्कॉट ने अपना वायदा नहीं निभाया। उल्टे उसने अपने सिपाहियों और अंग्रेज़ अधिकारियों के लगुआ-भगुआ (Hansons-on) लोगों को उकसाने वाली कार्रवाई करने की छूट दे दी। दरअसल डेविड स्काट का इरादा सड़क बनाने का नहीं बल्कि हिमा पर कब्जा करना था। ऐसी आक्रामक

कार्रवाईयां, जिसमें खासी औरतों के साथ छेड़खानी और बलात्कार भी शामिल था का नतीजा था अप्रैल 1829 का युद्ध। जैसे ही लड़ाई तेज़ हुई, तभी डेविड स्कॉट तिरोत सिं की मां की मदद से भाग निकला। ऐन उसी समय पूरे कौशल और बहादुरी से परिपूर्ण और देशभक्ति के जज़्बे से लैस तथा मुस्तैद 'का फान नाङलेट' का उस परिवेश में प्रवेश हुआ। मानो कि वह यह सिद्ध करना चाहती थी कि सभी खासी औरतें अपने बेटों के साथ ग़द्दारी नहीं करतीं, जैसा कि तिरोत सिं की मां ने डेविड स्कॉट को भगाकर किया था। और लोगों तथा वहां के निवासियों की तरह ही 'का फान नाङलेट' के भी ऐसे कई नज़दीकी और स्नेह भरे रिश्तेदार व सम्बन्धी थे, जिन्हें अंग्रेज़ी सिपाहियों के हाथों बर्बर ज़ुल्म और अपमान सहना पड़ा था। दूसरों के विपरीत विदेशियों के ज़ुल्म से घबरा कर चुप बैठने की बजाय 'का फान नाङलेट' बदला लेने की भावना और गुस्से से जल उठी। वह देशप्रेम की भावना से ओत-प्रोत होकर समय का इंतज़ार करने लगी कि जैसे ही उसे मौका मिले, वह दुश्मन पर वार करे।

जब तिरोत सिं भूमिगत हो गए तब 'का फान नाङलेट' ने मनभूत से संपर्क साधा और 'हिमा' वासियों और अपने लोगों को बचाने के लिए अपना पूरा समर्थन और जान तक देने की पेशकश की।

इस प्रकार वह खासियों के इतिहास में एक मात्र प्रथम स्त्री सैनिक बनी, जिसने आज़ादी की लड़ाई में इतनी सक्रिय और महत्त्वपूर्ण भूमिका निभाई।

एक स्त्री सैनिक के नाते उसकी बहुत सी भूमिकाएँ थीं, जिसमें शत्रु के ख़ेमे के पीछे की पंक्तियों की जासूसी जैसा ख़तरनाक काम भी शामिल था।

युद्ध के दौरान उसकी सबसे अहम उपलब्धि थी, उन दर्जनों अंग्रेज़ सिपाहियों के प्रसिद्ध नरसंहार में हिस्सेदारी। ये वे अंग्रेज सिपाही थे जो बर्बर हत्याएँ और नरसंहार करने के ज़िम्मेवार थे।

मनभूत और उसके साथियों के साथ मिलकर काम करते हुए एक दिन 'का फान नांगलेट' अपनी सबसे सुन्दर पोशाक पहन कर सिपाहियों के नज़दीक गयी, जो उस समय नदी के किनारे बैठ कर दोपहर का खाना खाने में मग्न थे। उसने यह प्रदर्शित किया कि जैसे वह शराब बेचने वाली औरत है और पत्थरों की बोतलों में स्थानीय शराब भर कर अपनी टोकरी में लायी है। सिपाहियों को उस पर ज़रा भी संदेह नहीं हुआ। चूंकि वह अकेली औरत थी, जिसके पास कोई हथियार नहीं था। उसके पास थी तो बस दारू जिसे पीकर वे अपने दोपहर के भोजन का और अधिक लुत्फ उठा सकते थे। वे लोग 'ईयाद रोड' की तेज़ बनी शराब की बोतल पर बोतल पीते हुए नशे में डूबते चले गए। इसी बीच 'का फान नांगलेट' ने

चालाकी से उनकी सारी बन्दूकें और हथियार इकट्ठे करके पहाड़ की एक बहुत बड़ी दरार में फेंक दिए। मनभूत और उनके लोग जो उस समय वहीं पास में छिपे थे, के लिए यही संकेत था। वे लोग बाहर आए और बहुत तेज़ी से थोड़े समय में शत्रुओं का सफ़ाया कर दिया। किसी कमज़ोरी का तनिक भी आभास न दर्शाते हुए नाङलेट न केवल वहीं डटी रही बल्कि उसने लाशों को ठिकाने लगाने में भी उन लोगों की मदद की।

'का फान नांगलेट' ने यह साबित कर दिया कि खासियों के मातृसत्तात्मक समाज में भी, जहां औरतें घर की सुरक्षा और गृहस्थी के काम-काज के लिए ही ज़िम्मेवार होती हैं। युद्ध जैसी कठिन स्थितियों में सारी शारीरिक कमज़ोरियों से ऊपर उठकर एक बहादुर सिपाही का स्थान ग्रहण कर सकती हैं। इसी निःस्वार्थ प्रेम ने का फान नाङलेट को निडर, निर्भय और साहसिक बनाया था। हालांकि खासी युद्ध हार गए थे लेकिन 'का फान नांगलेट' जैसी बहादुर और शूरवीर सिपाहियों और स्त्री सैनिकों के हौसले के कारण उन्होंने कई लड़ाइयाँ जीतीं। और इस तरह का फान नांगलेट हमेशा के लिए खासी समुदाय की प्रेरणा बन गयी।

पा तोगन सांगमा

प्रस्तुति : बिजोया सावियान
अनुवाद : रमणिका गुप्ता/ अक़ील क़ैस

1835 में ब्रिटिशों ने जैन्तिया राज्य को जीत लिया था। खासियों से वे कुछ समय बाद जीत पाए। जैन्तिया लोगों के यू कियाड. नङबाह के नेतृत्व मे चले भीषण विद्रोह को 1862 में दबा दिया गया। अब ब्रिटिश सत्ता गारो पहाड़ी प्रदेश पर अपना अधिकार स्थापित करना चाहती थी।

दरअसल गारो पहाड़ी प्रदेश पर ब्रिटिश साम्राज्य की नज़र बहुत पहले से थी। इस प्रदेश को हथियाने का प्रथम संगठित प्रयास सन् 1822 में डेविड स्कॉट नामक ब्रिटिश प्रशासक ने किया। गारो जनता ने जिस जीवटता से अन्य विदेशी आक्रमणकारियों से तीन शताब्दियों तक लोहा लिया था, उसी पराक्रम से ब्रिटिश सत्ता के षड्यंत्रों को इस बार भी नाकाम किया। इस साम्राज्यवादी सपने को साकार करने के मंसूबे से चार दशकों के बाद एक विशेष ब्रिटिश अधिकारी तैनात हुआ। उस अधिकारी ने छह वर्षों की अनवरत तैयारी के बाद 1872 में गारो हिल्स को पूर्व, पश्चिम तथा दक्षिण तीन दिशाओं से घेर कर हल्ला बोल दिया। यह युद्ध दो असमान सैनिक शक्तियों के बीच था। गारो योद्धा ब्रिटिश सैनिकों की तरह उन्नत अस्त्र-शस्त्रों से लैस नहीं थे। उनके पास ब्रिटिश सैनिकों की तरह न तो बंदूकें थीं और न मार्टार तोप। वे तो बस तलवार, ढाल, भाले जैसे पारंपरिक हथियारों के सहारे ही अंग्रेज आततायियों का सामना करने रांगरेग्गिरी नामक स्थान पर आ जुटे थे। ऐसी विषम परिस्थिति में उनके अदम्य साहस को प्रेरणा दी उनके युवा सेनानायक तोगन सांगमा ने। उसके नेतृत्व में गारो वीरों ने अंग्रेज़ों के छक्के छुड़ा दिये। अप्रतिम वीरता और साहस के साथ युद्ध करते हुए वह वीर दिसम्बर 1872 में रांगरेग्गिरी के युद्ध में वीरगति को प्राप्त हुआ।

गारो शहीद पा तोगन सांगमा, जो मरते दम तक अंग्रेजों से लड़ता रहा, का इस प्रकार अंत हुआ। ब्रिटिशों के साथ लड़ते हुए वह भले ही मारा गया, मगर

हर गारो के हृदय में यह नाम आज भी गूंजता है। ब्रिटिश सरकार के अभिलेखों में चाहे इस सेनानायक का द्वेष-भाव से कोई उल्लेख नहीं किया गया है लेकिन गारो समाज में घर-घर में उसका नाम लिया जाता है। गारों जनों के मन में इस वीर की स्मृतियाँ आज भी हिलोरें भरती हैं और लोग जोश से भर उठते हैं।

पा तोगन सांगमा का नाम शिलांग स्थित शहीद स्तंभ पर उत्कीर्ण है। उसका नाम खासी वीर यू तिरोत सिं और जैन्तिया वीर यू कियाड. नङबाह के साथ लिखा हुआ है। मेघालय राज्य में 12 दिसम्बर का दिन इस महानायक की याद में पा तोंगन सांगमा दिवस के रूप में मनाया जाता है।

रानी गायदिनलियू : नागा रानी

प्रस्तुति : के निपुनी माओ
अनुवाद : अक़ील क़ैस

''विदेशी धर्म और विदेशी संस्कृति के आक्रमण से नागा पहचान के सामने खतरा उपस्थित हो जाएगा। इस खतरे से सावधान।'' ये थे 'पद्मभूषण' सम्मान प्राप्त रानी गायदिनलियू के शब्द, जिनके माध्यम से वे नागा लोगों को नागा सामाजिक तथा धार्मिक जीवन पर विदेशी हमले के प्रति चेतावनी दे रही थीं।

नागा वीरांगना रानी गायदिनलियू का जन्म श्री लोथोनांग पामेई और श्रीमती कलोटलेनिलयू पामेई के परिवार में 26 जनवरी 1915 को लुआङकाओ गांव में हुआ, जो अब मणिपुर के तामेंगलोङ जिले में पड़ता है। वे अपने माता-पिता की आठ संतानों में तीसरी बेटी थीं। वे उनकी विलक्षण संतान थीं। तेरह बरस की उम्र में ही वे नागाजनों के कल्याण के लिए काम करने लगी थीं। भविष्य में अपने लोगों को नेतृत्व देने की क्षमता व दृष्टि उनके पास मौजूद थी।

रानी गायदिनलियू एक जन्मजात नेता थीं। नागा भूमि से ब्रिटिश सरकार को निकाल बाहर करने हेतु उन्होंने स्वतंत्रता सेनानी 'जडोनांग' के साथ मिलकर काम किया था। जब ब्रिटिश एजेंटों ने जडोनांग को गिरफ्तार कर लिया तो रानी भूमिगत हो गईं और उन्होंने अतेंगवा गांव में अस्थायी रूप से अपनी छावनी स्थापित की। बाद में उन्होंने अपना खेमा हांग्रुम में स्थानान्तरित कर दिया। उधर ब्रिटिश एजेंट उन्हें पकड़ने की फिराक में उनके पीछे लगे हुए थे। रानी को गिरफ्तार करने की उनकी कोशिशों की परिणति उनके अनुयायियों और ब्रिटिश सेना के बीच 16 फरवरी 1932 को एक खूनी मुठभेड़ में हुई, जिसमें रानी के खेमे के सात वीर सैनिक खेत हुए। उन वीर योद्धाओं ने नागा भूमि तथा अपनी नेता रानी गायदिनलियू को शक्तिशाली ब्रिटिश साम्राज्य के चंगुल से बचाने के लिए अपने प्राण न्योछावर कर दिए। उसी वर्ष उन्होंने अक्तूबर माह में हांग्रुम से निकलकर पुइबा गांव में शिविर लगाया।

पुइबा गांव में उन्होंने हांग्रुम स्थित ब्रिटिश सैनिक इमारत जैसा ही लकड़ी का एक किला बनवाना शुरू किया। उन्होंने ब्रिटिश सत्ता से टकराने का निश्चय कर रखा था। अपने अनुयायियों से उन्होंने कह दिया था कि अगले दो महीने निर्णायक होंगे और इस लड़ाई में या तो उनकी या ब्रिटिश सेना की जीत होगी। वे ब्रिटिश सेना से दो-दो हाथ करने की एक आखिरी कोशिश हेतु स्वयं को तैयार कर रही थीं लेकिन इसे इन क्रान्तिकारियों का दुर्भाग्य ही कहा जाना चाहिए कि रानी के दुर्ग के पूरी तरह तैयार हो पाने और उनके द्वारा एहतियाती कदम उठाने के पहले ही ब्रिटिश सेना के कैप्टन मैकडोनाल्ड ने पुइबा गांव पर 17 अक्टूबर 1932 को तड़के ही धावा बोल दिया। विद्रोही इस अचानक आक्रमण के लिए तैयार नहीं थे। अतः वे थोड़ा भी प्रतिरोध कर पाने में असमर्थ रहे। क्रांतिकारियों का दुर्ग घेर लिया गया और रानी गायदिनलियू को कैद कर लिया गया। कैप्टेन मैकडोनाल्ड ने ज़रा भी शिष्टता नहीं दिखाई और रानी को उसका हाथ पकड़कर खींचते हुए बाहर निकाला। रानी ने अचानक कैप्टन के हाथ में अपने दांत गड़ा दिए और इतनी जोर से दांत काट खाया कि उसके घाव के कारण दो दिनों बाद वह मर गया। तब वह कोहिमा में था। जब रानी को हांग्रुम से कोहिमा ले जाया गया, उस समय भी उन्हें अपने नागा भाइयों का समर्थन प्राप्त था। अंगामी जनजाति के एक व्यक्ति ने एक ब्रिटिश सिपाही को वार कर मार गिराया और रानी को बंदी बनाकर ले जा रहे सिपाहियों को गालियाँ दीं।

रानी गायदिनलियू को बाद में कोहिमा से इम्फाल ले जाकर उन पर मुकदमा चलाया गया। ब्रिटिश सरकार के मणिपुर स्थित एजेंट हिगिंस ने रानी को ब्रिटिश सत्ता के विरुद्ध बगावत करने के आरोप में आजीवन कारावास की सजा सुनाई। क्रुद्ध जनता के घात से बचने के लिए रानी का पता-ठिकाना आम लोगों से छिपाए रखने की हरसंभव कोशिश ब्रिटिशों ने की। वे उन्हें बार-बार एक जेल से दूसरी जेल स्थानांतरित करते रहे। इस तरह आज के पूर्वोत्तर भारत की विभिन्न जेलों में ही उहोंने 14 सालों का लंबा समय काटा। पहले वर्ष उन्हें गुवाहाटी जेल में रखा गया था। बाद के छह वर्ष शिलांग जेल में और उससे आगे के तीन साल आइजॉल में कटे जबकि अंतिम चार वर्ष वे जुरा जेल में रहीं। उसी जेल से 1947 में भारत की आजादी के बाद उन्हें रिहा किया गया।

भारत के आजाद हो जाने के बाद भी अगले पांच साल तक भारत सरकार द्वारा उन्हें वी. यिमरूप नामक एक चंग नागा गांव में मणिपुर के तामेंगलोंग जिले में स्थित घर पर पर नजरबंद रखा गया। 4 अप्रैल 1952 को उन्हें अपने पैतृक गांव लुआङखाओ में स्थानान्तरित कर दिया गया।

1931 में नेता जडोनांग को हत्या तथा ब्रिटिश सरकार के विरुद्ध विद्रोह के अपराध में इम्फाल जेल में फांसी दे दी गई थी। जाडोनांग की निकट की साथी रानी गायदिनिलयू ने ब्रिटिश औपनिवेशिक सरकार के विरुद्ध स्वतंत्रता संघर्ष यहीं से चलाया था। जिस समय रानी अंग्रेजों के विरुद्ध संघर्ष चला रही थी, उस समय वे कोई प्रौढ़ स्त्री या ब्रिटिश सत्ता को हिला देने वाली विचारक नहीं थीं। वे तो बस किशोरावस्था के बीच की एक सीधी सादी ग्रामीण लड़की थी। इसके बावजूद ब्रिटिश सरकार से लोहा लेने हेतु उन्होंने अपने लोगों का नेतृत्व किया और विदेशी सरकार को हिलाकर रख दिया। नागा सेना को उन्होंने पुनर्संगठित किया और ब्रिटिश सत्ता को ललकारा जिसकी परिणति प्रायः खूनी संघर्ष में ही होती रही। अंग्रेजी सरकार ने तो उन्हें पूर्वोत्तर का आतंक ही घोषित कर दिया था। 1932 तक ये मुठभेड़ें जारी रहीं और अंततः वे कैदी बना ली गईं। इस तरह उन्होंने अपनी तरुणावस्था नागा प्रदेश की स्वतंत्रता के लिए पूर्वोत्तर के जेल में बलिदान कर दी।

रानी गायदिनलियू ने ब्रिटिश सरकार के विरुद्ध राजनैतिक अभियान में महात्मा गांधी के नाम का प्रयोग भी किया था। जवाहरलाल नेहरू को 1937 में रानी तथा ब्रिटिश राज के विरुद्ध उनके संघर्ष के बारे में मालूम हुआ। उनके कारनामों को जानकर वे चकित रह गए। वे इस बात को लेकर स्तब्ध थे कि 20 वर्ष की युवावस्था में ही रानी ने पांच वर्ष जेल में काटे। उन्होंने रानी को फौरन रिहा कराया तथा उन्हें 'नागाओं की रानी' कहकर सम्बोधित किया। तभी से वे 'रानी गायदिनलियू' या रानी मां कहलाईं।

आठ वर्षों तक वहां रहने के बाद अचानक वे फिर भूमिगत हो गईं। उनके संघर्ष का यह दूसरा चरण जेलियांग्रोंग की जनता के कल्याण की लंबित मांग पूरा करने को समर्पित था। लेकिन नागा नेशनलिस्ट काउंसिल के 'हेराका' धर्मावलम्बी अनुयायियों द्वारा रानी के अनुयायियों पर हमले करना भी इस संघर्ष का एक अहम काम था। बीसवीं सदी के छठे दशक के शुरुआती बरसों में हेराका संप्रदाय के लोगों द्वारा रानी के अनुयायियों के समक्ष संकटप्रद स्थितियाँ खड़ी कर दिए जाने के कारण तथा अपने अनुयायियों को जबरदस्ती धर्मांतरण से बचाने के लिए रानी को हथियार उठाने पड़े। यह विदेशी सेना के विरुद्ध लड़ाई नहीं थी। यह लड़ाई उनके खिलाफ थी जो नागा आदिवासी धर्म, संस्कृति, पारंपरिक ग्रामीण संस्थागत व्यवस्था एवं उनके स्थायी मूल्यों, प्रचलित कानूनों को नष्ट करने को उद्धत थे। ये लोग उनके अपने समुदाय के गांवों के बड़े-बुजुर्गों के हाथ से नियंत्रण छीन रहे थे।

छह वर्ष की रस्साकसी के बाद भारत सरकार ने हस्तक्षेप किया और रानी की मांगों के औचित्य को सही ठहराते हुए उन्हें भूमिगत जीवन से बाहर आने को कहा। अंततः उनकी सेना ने 1966 में समर्पण किया। सरकारी खर्चे पर उन्हें कोहिमा में ठहरने के लिए एक जगह दे दी गई।

हेराका धर्म की धार्मिक गुरु रानी गायदिनलियू का नागा समाज की निःस्वार्थ सेवा तथा अंग्रेजों के विरुद्ध संघर्ष के कारण बड़ा आदर किया जाता था। वे सीधी-सादी, आत्मनिर्भर तथा मजबूत इरादों वाली महिला थीं। उनके बारे में अनेक किंवदंतियाँ हैं। एक किंवदंती काफी प्रचलित है कि रानी में चमत्कारी शक्ति थी जिससे वे बीमारों को चंगा कर देती थीं। इस संबंध में बुसो चिचिंग ने अपने एक लेख में एक घटना बयान की है–''गर्मी के मौसम के मध्य में एक बार रानी मोकोचुंग गईं, जहां उन्हें सब डिविजनल अफसर से मिलना था। उस समय रास्ते में पड़ने वाली दिखू नदी बाढ़ से उफन रही थी और पानी नदी से बाहर फैल रहा था। नदी पर कोई पुल नहीं था और नदी को पार करना उनके लिए जरूरी था। रानी ने उनका हाथ पकड़ा और पानी में उतरकर कुछ प्रार्थना कीं। उसके बाद वे निडर होकर नदी को पारकर दूसरी ओर सुरक्षित पहुंच गए।''

रानी लोगों को अपना जनजातीय धर्म मानने को प्रेरित करती थीं। हेनतिंगयिंग पामे नामक लेखक ने हेराका धर्म के सिद्धान्तों, उसके रीति-रिवाजों में सुधार के रानी द्वारा किए गए अनवरत प्रयत्नों की सराहना की है। रानी की कोशिशों के कारण ही उनके कबीले में पशु-वध एकदम ही काम हो गया। भय और अनुष्ठानों के लम्बे समय को भी रानी ने घटवा दिया। इस प्रकार रानी ने अपने अनुयायियों का बोझ भी घटा दिया। इससे रानी की दृष्टि सम्पन्नता और दूरदर्शिता का पता चलता है।

शुरू में रानी ने पूजा के लिए पशुधन का नियम बनाया था। लेकिन 15 वर्ष बाद उन्होंने दूसरा सिद्धान्त बनाया। इस दूसरे सिद्धान्त के अनुसार पशुवध को कम करने के लिए आदेश दिया गया। इस सिद्धान्त के दस वर्षों तक चलने के बाद उन्होंने तीसरा नियम बताया कि पशुओं और मुर्गे-मुर्गियों को खून बहाए बिना ही काटा जाए।

इस नियम से पशुवध में जबरदस्त कमी आई। इसके पांच वर्षों बाद 11 जनवरी 1990 को असम के उत्तरी कछार हिल्स स्थित किपेदूलोआ गांव में उन्होंने चौथा नियम दिया। इसके तहत बलि चढ़ाकर पूजा करना निषिद्ध कर दिया गया। पूजा किसी भी समय, किसी भी दिन शुद्ध मन और शरीर से करने को कहा। पूजा के दौरान स्रोत उच्चारने तथा प्रार्थना-गीत गाने का उपदेश दिया गया ताकि

लोगों को अच्छा स्वास्थ्य मिले और दुष्ट आत्माओं से मुक्त सुखी जीवन प्राप्त हो।

रानी गायदिनलियू एक सामाजिक-धार्मिक सुधारक थीं और उससे भी बढ़कर स्वतंत्रता सेनानी थीं। युगों पुरानी नागा परम्पराओं को बनाए रखने को वे कटिबद्ध थीं और देशज धर्म के संरक्षण तथा प्रोन्नति को ही नहीं, देश संस्कृति, उसके नियम तथा रीति-रिवाजों को भी बनाए रखने के प्रति प्रतिबद्ध थीं। इस तरह उन्होंने एक ऐसे धर्म तथा सांस्कृतिक संस्था तथा नियमों को, जो मटियामेट हो चुके थे, पुनरुज्जीवित किया।

उनका जीवन संघर्षों से भरा रहा। उन्होंने अपना साहस कभी नहीं छोड़ा। वे जीवन पर्यंत संघर्ष करती रहीं। 17 फरवरी 1993 को अपने गांव लुआङ्काओ में उन्होंने अपनी अंतिम सांस ली। उनकी कब्र पर लगे समाधि प्रस्तर पर ये पंक्तियाँ उत्कीर्ण हैं–

स्वतंत्रता सेनानी, हेराका रांप्रदाय की संरक्षक संत, समाज सेविका, जेलियांग्रोंग जनता की नेता और देशज संस्कृति तथा भारतीय राष्ट्रवाद में अटूट विश्वास रखने वाली पद्मभूषण (1981) प्राप्त, ताम्रपत्र (1992) बिरसा मुंडा पुरस्कार, स्वामी विवेकानन्द पुरस्कार प्राप्त, जिनका जन्म 26 जनवरी 1915 तथा देहावसान 17 फरवरी 1993 को उनके अपने पैतृक गांव लुआंगकाओ में।

संपर्क : सीसीसीएस, नॉर्थ ईस्टर्न हिल्स, यूनिवर्सिटी, शिलांग-22

अनुवादक संपर्क : द्वारा श्री योगेश कुमार, जी-53 श्रीनिवासपुरी, नई दिल्ली-65

रत्नमणि : एक निडर रचनात्मक योद्धा

प्रस्तुति : नन्द कुमार देबबर्मा
अनुवाद : रमणिका गुप्ता

आज के त्रिपुरा में साम्यवादी चेतना की जो व्याप्ति है उसका श्रेय एक बहादुर, वीर और निडर आदिवासी संन्यासी को भी जाता है। इस रचनात्मक योद्धा ने ही त्रिपुरा के आदिवासी समाज को समाजवादी व्यवस्था के तहत सामूहिक खेती और सामूहिक भोजन की मुहिम चला कर समानता, भाईचारा और आज़ादी पाने हेतु शिक्षा, संघर्ष और संगठन का मंत्र देने की पहल की थी। इस शूरवीर के इस सघन अभियान ने त्रिपुरा के आदिवासी समाज के कई सामाजिक, आर्थिक, राजनैतिक तथा सांस्कृतिक बुनावटों को बदलने की चेतना जगाई। उनकी शहादत से आने वाले दिनों में कई नायक तैयार हुए। अंग्रेज़ों के जाने के बाद राजशाही का अंत तो हुआ ही लेकिन देश की आज़ादी से पहले ही दशरथ देव के नेतृत्व में उस योद्धा के शिक्षा के सूत्र को पकड़ कर भारी आंदोलन चल पड़ा था जो राजा के ही ख़िलाफ़ था। सूदख़ोरों के शोषण के विरुद्ध भी ज़ोरों का आन्दोलन चला, जिसमें दो लड़कियाँ भी शहीद हुईं। कहने का अर्थ है कि चेतना के नन्हे बीज, जिन्हें इस क्रांतिकारी वीर रत्नमणि रियाङ ने त्रिपुरा के जंगलों में छींटा था, बाद में आंदोलनों का बीहड़ अरण्य बन कर उभर आया। और फिर तो प्रतिरोध में उठी आवाज़ें बदलाव की गर्जना बन गईं। त्रिपुरा साम्यवादी चेतना से रंग गया।

कोकबोरोक जनजाति के यह वीर महापुरुष आम तौर पर रत्नमणि रियाङ के नाम से मशहूर थे पर इनका असली नाम रत्नमणि राउजा था। इनका जन्म वैशाख महीने में पूर्णिमा के दिन सन् 1886 में चटगांव की पहाड़ियों में स्थित एक दूरदराज़ गांव में हुआ था। हालांकि बचपन में उन्हें स्कूल में पढ़ने का बहुत ही कम अवसर मिला, फिर भी उनके ज्ञानार्जन में यह बाधक नहीं बना। छोटी उम्र में ही विवाह हो जाने के कारण वे जल्द ही दो बेटों के बाप बन गए थे, लेकिन वे पारिवारिक

झमेलों में नहीं पड़ना चाहते थे इसलिए घर-बार छोड़ कर बारह बरसों के लिए लापता हो गए।

बीसवीं सदी के तीसरे दशक के शुरू में ही, जब संन्यासी बन कर वे वापस लौटे तो पूरी तरह बदल चुके थे। उन्होंने त्रिपुरा ज़िले के उत्तर और दक्षिण के दूर-दराज़ क्षेत्रों में सामाजिक पुनर्निमाण का अभियान शुरू किया। उन दिनों त्रिपुरा एक राजा के अधीन स्वतंत्र रियासत था। शराब पीना आदिवासी समाज की संस्कृति, विश्वास, पूजा और अनुष्ठान का एक अनिवार्य अंग होता है। रत्नमणि ने इस कुरीति के खिलाफ मुहिम चलाई। उन्होंने गांव में लड़कियों को पढ़ाने की शुरुआत भी की, जो उन दिनों कोई सोच भी नहीं सकता था। रत्नमणि की आश्चर्यजनक और विस्मयकारी उपलब्धि तब सामने आई जब उन्होंने आदिवासी समाज में आदिम समाजवादी व्यवस्था के तहत सामूहिक खेती और सामूहिक भोजन का कार्यक्रम चलाने की पहल की। उन्होंने गांव वालों को इकट्ठा किया और सामूहिक 'झूम' खेती करने के लिए प्रेरित किया। उन्होंने 35 एकड़ से भी अधिक ज़मीन चुनी और उसमें चावल, जूट, सब्ज़ियाँ या अन्य ऐसे सभी उत्पाद लगाए जो जीवन-यापन के लिए ज़रूरी हों। उन्होंने आदिवासियों को आत्मनिर्भर बनाने के लिए वर्तमान उत्तरी त्रिपुरा ज़िले के कंचनपुर क्षेत्र में 18 धर्म गोलों का निर्माण किया ताकि चावल या खेती की अन्य उपज का सुरक्षित भंडारण किया जा सके। रत्नमणि ने उच्च शिक्षा की पढ़ाई को भी व्यावहारिक रूप देना शुरू किया। उनके सबसे बड़े शिष्य थे ख़ुशीकृष्णा, जिन्होंने अपनी मातृभाषा कोकबोरोक में 300 भक्तिगीत रचने का एक कीर्तिमान स्थापित किया, जिसे आज तक कोई नहीं तोड़ पाया। वे अपने शिष्यों तथा अनुयायियों को 'सुदेसी' कहते थे। संभवतः यह नाम उन्होंने भारतीय स्वतंत्रता आंदोलन के 'स्वदेशी' शब्द से लिया होगा। कहा जाता है कि जब रत्नमणि युवावस्था में 12 बरस के लिए लापता थे तब वे बाल गंगाधर तिलक से मिले थे। तभी उन्हें तिलक तथा आज़ादी के अन्य प्रणेताओं के बारे में जानकारी हुई। वे उनसे इतना प्रभावित हुए कि उन्होंने अपने दर्शन में ही 'सुदेसी' शब्द को अच्छे नागरिक या धरतीपुत्र के अर्थ में अपनी भाषा में समाहित कर लिया।

दूसरी तरफ त्रिपुरा के राजा ने रत्नमणि को स्वीकार नहीं किया और उन्हें अपना विरोधी माना। राजा के प्रभाव में आदिवासी क़बीलों ने भी उन्हें मान्यता नहीं दी। यहां तक कि राजा ने उनकी गतिविधियों को अपने लिए ख़तरा समझा और आदिवासी सामाजिक नेताओं को अपनी कुर्सी डोलती नज़र आई। राजा ने ख़तरा भांप कर रत्नमणि को तंग करना शुरू किया। इस पर भी जब उन्होंने

अपनी गतिविधियाँ बंद नहीं कीं तो उन्हें गिरफ़्तार कर लिया गया। जेल में उन्हें तरह-तरह की यातनाएँ दी गईं। एक दिन एकाएक 1943 में राजा की रियासती जेल से उनकी मृत्यु की घोषणा कर दी गई, जबकि त्रिपुरा का बच्चा-बच्चा जानता है कि रत्नमणि स्वाभाविक मृत्यु नहीं मरे थे बल्कि उन्हें जेल में पीट-पीट कर मार डाला गया था।

इस प्रकार एक बहादुर, वीर, निडर आदिवासी की ही नहीं बल्कि ऐसे रचनात्मक योद्धा की हत्या कर दी गई जो आदिवासी समाज को जागृत और विकसित कर आत्मनिर्भर बनाने के साथ-साथ, सामूहिकता के समाजवादी दर्शन, जिसे अंग्रेज़ों ने नष्ट कर दिया था को पुनर्जीवित कर रहा था।

वीर सोम्भूधन

प्रस्तुति : उत्तम चन्द बर्मन
अनुवाद : अक़ील क़ैस

सन् 1883 में वीर सोम्भूधन एक शहीद की मृत्यु वरण की। स्वतन्त्रता संघर्षों के इतिहास में सोम्मूधन के स्थान का इस तथ्य से आकलन किया जा सकता है कि 1982 में जब सोम्मूधन ने अंग्रेज सिपाहियों के खिलाफ़ मायबांग में विद्रोह कर अंग्रेज़ों को परास्त किया, तब राष्ट्र के पिता महात्मा गांधी 13 वर्ष के बालक थे। जवाहरलाल नेहरू ने सोम्भूधन की मृत्यु के छः वर्ष बाद सन् 1889 में और सुभाष चद्र बोस ने पन्द्रह साल बाद इस धरती पर आंखें खोलीं। 1893 को बीते एक शताब्दी बीत गई पर वीर सोम्भूधन का नाम एक लिजिन्द्री कथा की तरह आज भी दिमासा कछारी समाज के घर-घर में व्याप्त है।

सोम्भूधन फोंगलो का जन्म 1850 में नार्थ कछार हिल्स के मैबांग से नज़दीक एक छोटे से गांव लोंगखोर गांव में हुआ। उनके पिता दिप्रोंडाओं फोंगलो तथा माता कसाइडी थी। इनके पांच पुत्र थे। सोम्भूधन सबसे बड़े पुत्र थे और हैशालोंग सबसे छोटे।

सोम्भूधन यायावरी प्रवृत्ति के थे। वे कभी टिक कर एक गांव में नहीं रहे। लोंगको के बाद ये गोंजुन, सॉपरा और फिर सेमडीखोर में आ बसे थे। यहां उनका विवाह नासाडी से हुआ। मादुर नदी के किनारे बसे डिहोरफोंगलों नामक गांव में उन्हें सोम्भूधन नाम से जाना जाने लगा।

शोम्मबूधन बहुत ही लंबे-चौड़े बलिष्ठ, कद-काठी के ख़ूबसूरत नौजवान थे। अपनी काली आंखें, बड़े कान और गोरे रंग के कारण वे दूसरों की अपेक्षा अधिक आकर्षक और पुरकशिश लगते थे।

सोम्भूधन को जड़ी-बूटियाँ इकट्ठी करने का शौक़ था और वे लोगों की बीमारियों का इलाज भी करते थे। उनके घर पर सदैव इलाज कराने वालों की

भीड़ लगी रहती थी। इससे वे पूरे क्षेत्र में चर्चित भी थे। वे एक बड़े वैद्य के रूप में जाने जाते थे।

उनके पास एक और कला थी, जिससे पूरा क्षेत्र उन पर फ़िदा था। केले के स्तम्भों पर हासिल उनके कौशल पर मैबांग की पूरी जनता अभिभूत थी। वे दौड़ कर तेजी से अपनी तलवार नचाते हुए केले के पेड़ के पास गुजर जाते थे और क्षणांश में ही उनकी तलवार केले के पेड़ में तीन-चार बार गुजर जाती थी और तब भी पेड़ जस का तस खड़ा रहता था। उसके बाद वे दर्शकों से केले के पेड़ को हिलाने के लिए कहते थे। पेड़ को हिलाने पर एक के बाद एक तीन या चार टुकड़े जमीन पर गिरते थे। यह देखकर दर्शक स्तब्ध रह जाते थे।

केले के पेड़ को इस फुर्ती से तलवार से काट देने का यह जादुई खेल दिमासा, कछारी समाज में सोम्भूधन की विरासत के रूप में अपना लिया गया है। आज भी यह खेल उनमें खूब लोकप्रिय है।

सन् 1832 में अंग्रेज़ों ने दक्षिणी कछार यानी बाराक के मैदानी हिस्से को, जो उन दिनों कछार राज्य का हिस्सा था अलग कर दिया। उन दिनों नार्थ कछार हिल्स, जो हिल्स विभाग का हिस्सा था में दायुंग थारी, कपिल घाटी और धन सिरी घाटी भी शामिल हैं। धनसिरी घाटी से ही पुरानी राजधानी दीमापुर दिमासा-कछारियों की ब्रिक सिटी कहलाती थी। ये कछार के पूर्व राजाओं के जेनरल तुलाराम के अधीन थी। 1854 में अंग्रेज़ों ने तुलाराम की मृत्यु के बाद हिल्स डिविज़न को विभक्त कर अलग कर दिया और उन्होंने इस डिविज़न के बाद दिमासा, कछारियों को धोखा दिया। उन्होंने नार्दर्न कछार डिविज़न को दक्षिणी कछार के साथ जोड़ने की बजाय, इसे असम के नौगांव ज़िले से चुपचाप जोड़ दिया और एक कनिष्ठ राजनैतिक अधिकारी के अधीन कर दिया। 'आसालु' इसका मुख्यालय बना दिया गया। इतना ही नहीं उन्होंने 1866 में इस क्षेत्र को टुकड़ा-टुकड़ा कर नौगांव और नागा हिल्स को आवंटित कर दिया और शेष क्षेत्र जिसमें केवल पहाड़ी क्षेत्र ही रह गया था को कछार हिल्स घोषित कर दिया।

अंग्रेजों की 'बांटो और राज करो' की नीति से सोम्भूधन अत्यंत ही असंतुष्ट थे। वे समझ गए थे कि यह नीति देशज लोगों को कमज़ोर करने के लिए बनायी गयी है। शुरू से ही वे इस बात को स्वीकारने को तैयार नहीं थे कि गोरे लोग देशज लोगों पर बस इसलिए राज करें, क्योंकि देशज गोरे नहीं हैं। काफ़ी मनन और चिंतन करने के बाद उन्होंने यह तय किया किया कि जब देशज लोगों की आज़ादी ही छीनी जा रही है, तो विदेशी स   त्ता को अपने यहां पांव जमाने में देशज लोग मददगार क्यों बने? उन्हें यह प्रश्न बार-बार परेशान कर रहा था।

उनकी नज़र में विदेशियों के अधीन गुलाम बन कर ज़िन्दा रहने का कोई औचित्य या मोल नहीं था? कठिन परिस्थितियाँ झेलीं जा सकती थीं, पर गुलामी बर्दाश्त करना असंभव था।

सोम्भूधन ने फैसला लिया कि वे विद्रोह करेंगे। वे यह जानते थे कि अंग्रेज़ों ने क्षेत्र को भले ही विभाजित कर अलग कर दिया है पर वे देशज जनता का मन नहीं जीत सकते।

अभी भी कछारियों ने सब कुछ नहीं खोया था। इसलिए सोम्भूधन ने आखिरी लड़ाई लड़ने का फैसला लिया। सोम्भूधन ने उत्तरी कछार हिल्स का विस्तृत दौरा किया ताकि जनसंपर्क और संगठन का विस्तार किया जा सके। सोम्भूधन जनता के लिए कोई अजनबी नहीं थे। उनसे बच्चा-बच्चा परिचित था, इसलिए वे ग्रामीणों को अंग्रेजों के ख़िलाफ़ विद्रोह करने के लिए प्रेरित करने में कामयाब रहे। उन्होंने नौजवानों को अपनी क्रांतिकारी सेना में भर्ती किया। अपने अनुयायियों में से ही उन्होंने दो साथी चुने—मानसिंह और मोलोंगथोंग। मानसिंह को मुख्य सलाहकार और मोलोंगथोंग को अपने अधीन कमांडर नियुक्त किया। युवकों के काफी संख्या में जमा हो जाने पर जब वे उनकी संख्या से पूरी तरह संतुष्ट हो गये, तो उन्होंने उन्हें उनके अलग-अलग ग्रुप बना दिये और निर्धारित स्थान पर प्रशिक्षित करने की व्यवस्था भी कर दी। महूर घाटी स्थित मैबांग के अंतर्गत अपने गांव सेमडिखोर को उन्होंने प्रशिक्षण केंद्र के लिए चुना। यह स्थान काफी सुविधापूर्ण भी सिद्ध हुआ।

मैबांग के लोगों ने सोम्भूधन का बड़ी गर्मजोशी से स्वागत किया। वहां के ग्रामीणों ने स्वेछापूर्वक प्रशिक्षण केन्द्र में अपनी सेवाएँ प्रस्तुत कीं। महूर में बहाल किये गये युवक अपने-अपने गांव में बिखरे हुए रह रहे थे। प्रशिक्षण केन्द्र स्थापित होते ही सोम्भूधन ने उन्हें केन्द्र पर ही इकट्ठा कर दिया। तीस से चालीस लोगों का एक जत्था बना कर प्रशिक्षण दिया जाना शुरू हुआ। इस क्रांतिकारी सैन्य समूह में देखते ही देखते युवकों की बड़ी संख्या जुड़ती चली गयी।

प्रशासनिक पुनर्गठन

अंग्रेजी प्रशासन को 'असाला' (Asala) से कामकाज चलाने में बड़ी कठिनाइयों से जूझना पड़ा। कनिष्ठ राजनैतिक अधिकारी, जो ब्रह्मपुत्र घाटी स्थित नौगोंग के जिला मुख्यालय का अधीनस्थ कार्यकारी था, का कार्यालय 'असाला' में था। दो दशकों के लंबे समय के बावजूद मुख्यालय एक औपनिवेशिक देश में बाहरी चौकी

की भूमिका निभाने भर की स्थिति में ही था। प्रतिकूल परिस्थितियों वाली इस पहाड़ी तराई में प्रशासन जब दुलकी चाल चल रहा था, सोम्भूधन के नेतृत्व में स्थानीय लोगों के विद्रोह ने अंग्रेजी प्रशासन के सामने गंभीर संकट उत्पन्न कर दिया। इससे निबटने के लिए अंग्रेजों को अपने प्रशासन में बृहत स्तर पर पुनर्गठन करना पड़ा। 1880 में नई सीमायें बनायी गयीं और कछार जिले के अंतर्गत एक प्रमंडल उ त्तरी कछार हिल्स के नाम से स्थापित किया गया, जिसका मुख्यालय गोंजुन में रखा गया। 'असाला' से गोंजुन आकर कनिष्ठ राजनैतिक अधिकारी
1
सी.ए. सोप्पिट ने प्रशासन का दायित्व संभाला।

सोम्भूधन के नाम सम्मन जारी

मैबांग में अपना केंद्र चलाने के लिए भारी ख़र्च उठाना पड़ रहा था, इसलिए सोम्भूधन ने अपना कैम्प बनाने हेतु ग्रामीणों को श्रमदान के लिए प्रेरित किया और कुछ चुंगी भी लगायी। कुछ लोग अंग्रेजी सत्ता से लोहा लेने की उनकी सामर्थ्य को लेकर सशंकित थे पर जनता का एक बड़ा हिस्सा सोम्भूधन के जीतने की संभावना देखता था और उसके साथ चलने को तैयार था।

सोम्भूधन की बढ़ती हुई सक्रियता ने अंग्रेजी सरकार की नींद हराम कर दी थी। इसकी सूचना कछार के उपायुक्त को दे दी गयी थी, जिस कारण उसने उपमंडलीय प्रशासन अधिकारी को सोम्भूधन पर एक वैध सत्ता के विरुद्ध विद्रोह करने का आरोप लगा कर, सख़्ती से निबटने का आदेश दिया। इस परामर्श पर अमल करते हुए उपप्रमंडलीय अधिकारी ने सोम्भूधन तथा उसके दो सहायक मान सिंह तथा मोलोंगथोंग के नाम सम्मन जारी किया। परंतु उन लोगों ने इसकी ज़रा भी परवाह नहीं की। इस पर उपायुक्त की सलाह पर उनके खिलाफ वारंट जारी किया गया। तदनुसार उन लोगों को गिरफ्तार करने के लिए एक पुलिस दल रवाना हुआ। इस दल में छह सशस्त्र सिपाही और एक अधिकारी था। यह कदम उपप्रमंडलीय अधिकारी की भारी भूल सिद्ध हुआ। दरअसल मैबांग पहुंचने पर सोम्भूधन के अनुयायियों की बड़ी संख्या और शक्ति देख कर उनके होश उड़ गये थे। कोई खून-खराबा करने की बजाय सोम्भूधन ने अपने सहायक मान सिंह के हाथों लिखा हुआ पत्र उन्हीं के हाथ भिजवाया और अंग्रेजों को अविलंब मैबांग छोड़ने का आदेश दिया। उन्होंने सिपाहियों को आदेश दिया कि वे यह पत्र उपप्रमंडलीय अधिकारी को दे दें। पत्र में गोरों को निम्नलिखित चेतावनी भी दी

गयी थी–

'ओ गोरे बुलबुलो!
गर चाहते हो तुम इस धरती पर
रोटी खाते जिओ
गर चाहते हो तुम इस धरती पर
पानी पीते रहो
तो छोड़ो हमारा देश
मेरे गौंजुन पहुंचने से पहले
किस सेना में है इतनी हिम्मत
कि सोम्भूधन को कह दे–
कि करे समर्पण
अवैध अदालत के सम्मुख

मैबांग को भेजी यदि कोई सेना
कर दी जाएगी सारी की सारी खत्म।

गौंजुन से अपना-सा मुंह लेकर लौटे पुलिस अधिकारी ने उपप्रमंडलीय अधिकारी के हाथ पत्र सौंप दिया और उन्हें मैबांग का पूरा हाल कह सुनाया।

सोम्भूधन के हाथों ब्रिटिशों की हार

उपप्रमंडलीय अधिकारी सोप्पिट ने हाथ खड़े कर दिये और सिलचर जाकर उपायुक्त मेजर बॉयड से स्थिति पर लंबी चर्चा की। इस तरह जनवरी 1882 में उपप्रमंडलीय अधिकारी, सीमा क्षेत्र पुलिस बल के एक दस्ते के साथ मैबांग पहुंचा। उन्होंने पहले पास की एक पहाड़ी पर अपना कैंप स्थापित किया। उस रात कोई महत्त्वपूर्ण घटना नहीं घटी। सोम्भूधन के आदमियों ने उनके वहां पहुंचने की सूचना तुरंत ही अपने नेता को दे दी थी। सोम्भूधन ने अपने लोगों को चौकस कर दिया था। उन्होंने अपने प्रशिक्षित स्वैच्छिक सैनिकों को भी बुला लिया।

अगली सुबह मेजर बॉयड अपने सैनिकों के साथ प्रशिक्षण केन्द्र की ओर बढ़ा। फाटक पर खड़े संतरी ने उन्हें रोका नहीं। उसने बस गांववालों को सावधान कर दिया। कैंप में अंदर जाने पर मेजर बॉयड को घोर अचरज हुआ क्योंकि बाहर कहीं भी कोई आदमी नहीं था और हर जगह पूर्ण शांति छायी हुई थी। उसने यह भी देखा कि प्रशिक्षण केन्द्र के मकान किसी एक स्थान पर केन्द्रित होने की

बजाय, आसपास की पहाड़ियों में इस प्रकार फैले हुए थे कि किसी एक इकाई पर आक्रमण होते ही दूसरी इकाई को इसका पता चल जाता था। इस प्रकार कैंप के निवासियों को गिरफ़्तार करना मेजर बॉयड को अत्यंत कठिन मालूम हुआ। वह किंकर्तव्यविमूढ़ हो गया। वह इस बात पर विचार कर ही रहा था कि सोम्भूधन के लोगों ने प्रशिक्षण कैंप को चारों ओर से घेर लिया। वे लंबी-लंबी दोधारी तलवारों से लैस थे। सोम्भूधन बाहर आ गया और मेजर बॉयड भी अपने सैनिकों के साथ आगे बढ़ा। उसके आगे-आगे चल रहे दो सैनिक उसके सामने से हट गये और सोम्भूधन को मेजर बॉयड की ओर बढ़ने का रास्ता दे दिया। उसी क्षण अचानक मेजर बॉयड का सुरक्षा गार्ड बढ़ कर सोम्भूधन और मेजर बॉयड के मध्य खड़ा हो गया और सोम्भूधन का रास्ता रोक लिया। सोम्भूधन ने निर्भीकतापूर्वक अपनी तलवार से वार करते हुए उस सैनिक की रायफल के दो टुकड़े कर दिये। सैनिक तो नहीं मारा गया पर मेजर बॉयड की दाहिनी बांह कट कर अलग जरूर हो गयी। अंततः मेजर बॉयड को भी मृत्यु का स्वाद चख़ना पड़ा। सिपाहियों में भगदड़ मच गयी। इस पर सोप्पिट ने सिपाहियों की कमान अपने हाथ में लेते हुए उन्हें गोली चलाने का आदेश दिया। इस अचानक गोलीबारी से सोम्भूधन के सात सैनिक मारे गये। इससे क्रोधित होकर सोम्भूधन के सैनिकों ने झाड़ियों, पेड़ों, चट्टानों आदि के पीछे मोर्चेबंदी कर ली और वे गोलियों का जवाब तीरों से देने लगे। इस पर सोप्पिट ने गोली चलाते हुए पीछे हट कर सोम्भूधन के सैनिक जमावड़े को भेद कर रास्ता बनाने का आदेश दिया। इसमें चार और लोगों की जान गयी। इस प्रकार सोम्भूधन के कुल ग्यारह आदमी इस लड़ाई में शहीद हो गये।

मेजर बॉयड और उसके सुरक्षा गार्ड के सोम्भूधन के हाथों मारे जाने तथा शत्रु सैनिकों के भाग खड़े होने को दिमासा कछारी लोगों ने सोम्भूधन की विजय माना। वे उन्हें वीर सोम्भूधन कह कर बुलाने लगे। इससे सोम्भूधन की लोकप्रियता और भी अधिक बढ़ गयी। उनकी सेना में गांवों से और भी बड़ी संख्या में लोग आकर भर्ती होने लगे।

उस विजय के बाद सोम्भूधन गौंजुन पहुंचे। वहां पहुंचते ही उन्होंने उपप्रमंडलीय अधिकारी के दो घोड़ों को मार डाला और सरकारी भवनों में काम करने वाले कर्मचारियों की हत्या कर दी और सरकारी मुख्यालय को बुरी तरह नष्ट कर दिया। अंग्रेजों को पहाड़ी प्रदेश से बाहर खदेड़ देने के बाद वीर सोम्भूधन ने दक्षिणी कछार की ओर रुख किया, ताकि वहां भी अंग्रेजों के विरुद्ध आंदोलन का सूत्रपात किया जा सके। अपनी जानी पहचानी नीति के अनुसार ही उसने

मैदानी क्षेत्र में भी घूम-घूम कर लोगों से व्यापक संपर्क साधना शुरू किया। इस सिलसिले में वह हरंगाजाओ (उत्तरी कछार), हवरमा (गोरेर विटोर के नाम से भी प्रसिद्ध) तथा अन्य स्थानों की यात्रा की। वे कछार के स्वर्गीय राजा गोविंद चंद्र के पूर्व सेनापति उज़िर दिब्रा गेडे से भी मिले। इस तरह अपने प्रयासों से मैदानी क्षेत्र की जनता को भी उन्होंने अंग्रेज़ों के प्रति विद्रोही चेतना से लैस किया। उन्होंने दरमीखाल में अपने अनुयायियों की मदद से, अपना नया कैंप बनाया ताकि वहां अस्त्र बनाने का कारखाना खोल कर अपनी ज़मीन से अंग्रेज़ों को भगाया जा सके।

सोम्भूधन मारा गया

वीर सोम्भूधन का अंत एक षड्यंत्र के कारण हुआ। ब्रिटिश सरकार के विरुद्ध लोगों को संगठित करने में वह अपनी पत्नी के प्रति अपनी ज़िम्मेदारियों का निर्वाह ठीक से नहीं कर पाया। उनकी पत्नी नंसादी पहाड़ी प्रदेश में रहती थी। आंदोलन में हाथ बंटाने की अपनी पत्नी की इच्छा को देखते हुए, उन्होंने उसे खसपुर के निकट इगरालींग नामक गांव में बसा दिया था। वे अक्सर वहां पत्नी से मिलने गुप्त रूप से जाया करते थे क्योंकि ब्रिटिश गुप्तचर इलाके के चप्पे-चप्पे पर निगाह रख रहे थे। एक रात जब वे पत्नी के साथ आकर ठहरे और रात को अंधेरा फटने से पहले कैंप के लिए रवाना होने के लिए निकल ही रहे थे कि उनके घर को ब्रिटिश सैनिकों ने घेर लिया। पड़ोस में रहने वाली एक स्त्री ने चालाकी से उनकी पत्नी से दोस्ती गांठ ली थी। वह अंग्रेज़ों की मुखबिर थी। उसी स्त्री के षड्यंत्र से उन्हें इस प्रकार घेरा जा सका। उस औरत ने ही उस दिन उनके घर से तलवार और दाव गायब कर दिये थे, ताकि सोम्भूधन अपनी रक्षा न कर सकें। उसकी चालाकी सोम्भूधन के लिए बड़ी घातक सिद्ध हुई। मगर आसन्न संकट को देख सोम्भूधन ने हिम्मत नहीं हारी। रसोई में घुसने पर भी उन्हें जब कोई अस्त्र औज़ार नहीं मिला, तो उन्होंने चूल्हे को ही तोड़ दिया और एक ज़ंग लगा दाव जिसे चूल्हा बनाने में इस्तेमाल किया गया था बाहर निकाल लिया। वे उस दाव के सहारे ही बाहर खड़े सिपाहियों की हिम्मत तोड़ते हुए, उनके घेरे से बाहर निकल गए। सिपाही उसके पीछे दौड़े मगर सोम्भूधन को दौड़ कर पकड़ना उनके वश की बात नहीं थी। वे जंगल में घुस गए पर दुर्भाग्य जैसे वहां उनकी प्रतीक्षा में था। वे पहाड़ियों पर उगी घनी लताओं में फंस गए, जिन्हें भोथरे दाव से जल्दी काट पाना संभव नहीं था। ब्रिटिश सिपाही तब तक पीछे से आ पहुंचे। उनमें शामिल एक गोरखा सिपाही ने पीछे से खुखरी फेंक

कर उन पर वार किया, जिससे सोम्भूधन के दाहिने पैर में गहरा घाव हो गया। सोम्भूधन फिर भी जंगल के अंदर की ओर भाग निकले। पर तेज़ी से बह रहे रक्त से उन पर कमजोरी छाने लगी। उन्हें पकड़ लिया गया। उन्हें काठ के स्ट्रेचर पर लिटा कर लताओं से कस कर बांध कर, कन्धों पर ले जाया गया। अत्याधिक रक्तस्राव के कारण उन्हें तेज़ प्यास लग रही थी, जिससे उनका मुंह खुला जा रहा था। सिपाहियों ने समझा कि पीने को पानी मांग रहे हैं, इसलिए वे उन्हें रास्ते में पड़ने वाले एक झरने के पास ले गए और पानी पिलाने के लिए उनका स्ट्रेचर नीचे रख दिया। इससे पहले कि उनके मुंह में एक बूंद पानी जाता वीर सोम्भूधन ने अंतिम सांस ले ली। इस प्रकार खसपुर के निकट इग्रलींग नामक जगह पर झरने के किनारे 12 फरवरी 1883 को वीर सोम्भूधन शहीद हो गए।

दिमासा कछारी जनता आज भी वीर सोम्भूधन को प्रेम और आदर से याद करती है।

III. पूर्वोत्तर लिजिन्द्रयाँ

जोहोलाव दैमालु लिजिन्द्री नायक

डॉ. मंगलसिंह हाजोवारी
अनुवाद : राजीम वाला

जोहोलाव दैमालु ने राजा दाईमाल के शासनकाल के दौरान प्रसिद्धि प्राप्त की। वे बोड़ो के राष्ट्रपुरुष तथा 13 वीं सदी के सेनानायक के रूप में सुप्रसिद्ध हैं। हिरिम्बा की राजधानी दीमापुर नोगोर में दाईमाल नामक एक राजा राज करता था। देश के दो महान महाकाव्यों में से एक महाभारत में उल्लिखित वर्णनानुसार सर्वप्रथम इस राज्य की स्थापना हिरिम्बो नामक राजा ने की थी। इनकी बहन हिरिम्बो का विवाह पाण्डवों के द्वितीय भाई भीम से हुआ था। कालान्तर में उनके पुत्र घटोत्कच ने अपने मामा की मृत्यु के पश्चात् हिरिम्बो की राजगद्दी सम्भाली। बोड़ो का शासन 3200 बी.सी. से 1836 ए.डी. तक माना जाता है जब राजा गोविन्द चंद्र के पतन के (राजा इरागदाव) साथ ही बोड़ो शासन-काल समाप्त हुआ। ऐसा कहा जाता है कि इस लम्बे शासन-काल में करीब 108 राजाओं ने बोड़ो राज्य का शासन सम्भाला, जिनमें एक राजा दाईमाल भी हुए।

दैमालु, जो दीमापुर के एक दबंग पहलवान थे, की एक रसोइए से लेकर सेनानायक बनने तक की कथा बोड़ो इतिहास की एक अद्‌भुत एवं आश्चर्यजनक घटना है।

दैमालु की माता का निधन बहुत पहले हो चुका था। उनका लालन-पालन उनकी सौतेली मां ने किया था जो उनके प्रति ज़रा भी स्नेह भाव नहीं रखती थी। रसोईया बनने से पहले दैमालु को सौतेली मां के हाथों शारीरिक एवं मानसिक रूप से भयंकर कष्ट झेलने पड़े थे। हालांकि उनकी माता ने उनका नाम दैमालु रखा था, पर उनकी सौतेली मां उन्हें बुदाइ नाम से ही पुकारती थी।

एक दिन पश्चिम की दिशा से दो पहलवान, मल्ल अथवा मौलौ दीमापुर आए। रांगादाव व दगादाव ने उनसे मल्लयुद्ध किया और वे उनसे हार गए। राजा तथा प्रजा के लिए यह घोर अपमान का विषय था। अतः राज्य में एक

ऐसे पहलवान की तलाश जोर-शोर से की जाने लगी जो उन दोनों पहलवानों को चुनौती दे सके। संयोगवश, दैमालु रसोइया को, जो तब एक छोटा लड़का ही थे, उन पहलवानों से मल्लयुद्ध करने हेतु चुना गया। किसी को साधारण से दिखने वाले बालक में इतनी असीम ताकत होने का अनुमान ही नहीं था। दैमालु ने उनसे मल्लयुद्ध किया और बड़ी आसानी से बिना किसी मशक्कत के उन्हें हरा दिया। राजा दाईमाल उन पहलवानों पर दैमालु की इस विजय से बेहद खुश हुआ।

आने वाले वर्षों में जब दैमालु जवान हुए तो उन्होंने द्वन्द्व-युद्ध की कला में आश्चर्यजनक महारत का प्रदर्शन किया तथा अपनी तलवारबाजी की कला के प्रदर्शन से सब को चकित कर दिया। राजा दाईमाल के सामने एक दिन दैमालु ने अकेले ही दो विशाल वृक्षों को जड़ से उखाड़ फेंका। इससे उन्हें अपने आश्चर्यजनक करतबों तथा साहसिक कार्यों का पता चल गया। यह किवदन्ती प्रचलित है कि बोराई बाथौ सर्वशक्तिमान देव भी उनकी तलवार चलाने की कला से अत्यंत प्रसन्न हुए। उन्होंने पुजारी के रूप में प्रकट होकर दैमालु को उनकी पांच अंगुलियों में से एक उंगली छूकर वर मांगने को कहा। दैमालु ने सोचा कि यदि वे उनकी पांचों उंगलियों को छू लेंगे तो उन्हें बड़ा वर मिलेगा। सो उन्होंने पांचों उंगलियों को स्पर्श कर लिया। बोराई बाथौ दैमालु के अधिक महत्त्वाकांक्षी होने के कारण अत्यधिक क्रोधित हो गए। अतः उन्होंने अपना असली रूप प्रकट कर उन्हें श्राप दिया कि वह भविष्य में एक महायोद्धा तो अवश्य बनेगा परन्तु उनकी आज्ञा न मानने के दण्डस्वरूप उसकी मृत्यु अत्यंत दयनीय एवं अधम होगी।

शीघ्र ही राजा दाईमाल ने दैमालु को अपना सेनापति चुन लिया। राजा ने दैमालु को बोड़ो राज्य के विस्तार के लिए बाहरी राज्यों पर हमला करने का निर्देश दिया। तद्नुसार दैमालु ने अपने लाव-लश्कर के साथ वर्मा व मणिपुर पर हमला बोल दिया। उन दो राज्यों पर विजय प्राप्त करके उन्होंने उन राज्यों को बोड़ो राज्य का अंग बना लिया। उन्होंने मणिपुर के लोगों को छोटे और ठिगने घर बनाने का आदेश दिया और वर्मा के लोगों से कहा कि वे बांस का ऐसा पौधा लगाएँ, जिसकी जड़ें ऊपर की तरफ हों। उन्होंने यह भी निर्देश जारी किए कि वर्मावासी अपने केशों को ऊपर की तरफ संवार कर, सर के ऊपर एक जूड़ा बना कर बांधे। वर्मा से विजय प्राप्त करके लौटते हुए वे अपने साथ एक सफेद हाथी लाये, जिसे वे अपनी वफादारी और प्रेम के प्रतीक-स्वरूप अपने राजा को भेंट करना चाहते थे। सफेद हाथी को एक उपहार के रूप में राजा

को भेंट करने के दैमालु के विचार पर मुख्यमंत्री के मन में ईर्ष्या जगी। उसने यह हाथी स्वयं राजा को भेंट करने की इच्छा प्रकट की। किन्तु दैमालु ने इस दुर्लभ जीव को देने से इन्कार कर दिया और बिना विलम्ब किए राजा को हाथी भेंट कर दिया। मुख्यमंत्री आगबबूला हो गया। उसने दैमालु को मरवाने की साजिश रचनी शुरू कर दी।

मुख्यमंत्री राजा के कान भरने लगा। उसने राजा से शिकायत की कि दैमालु उन्हें गद्दी से उतारने की साजिश कर रहा है। इन बातों में तनिक-सी भी सच्चाई नहीं थी। परन्तु जब मुख्यमंत्री के मुंह से राजा ने बार-बार यह बात सुनी, तो उन्हें भी इस पर विश्वास होने लगा। राजा को दैमालु से असीम स्नेह था, उन्हें यह पूर्ण विश्वास था कि इस महान, निडर और वीर योद्धा के मन में जरा भी कपट या खोट नहीं है। अन्ततोगत्वा राजा भी धूर्त, चतुर एवं कपटी मुख्यमंत्री की बातों में आ गये। इसके बाद जो हुआ वह एक अत्यंत ही क्रूर, बर्बर और पाशविक कार्य था, जिसकी दूसरी मिसाल मानव इतिहास में मिलनी कठिन है।

एक दिन जब दैमालु खुले में सो रहे थे तो उनके सैनिकों ने उन पर मुख्यमंत्री के आदेश पर विक्षिप्त हाथी छोड़ दिया। दैमालु ने आसानी से हाथी को पटक दिया। इसके पश्चात दैमालु को सलाखों से बांध कर मरने के लिए कारागृह में डाल दिया गया। उन्हें बिना अन्न-जल के रखा गया। वे वहां से बचकर भाग सकते थे किन्तु उन्होंने भागने की कोशिश ही नहीं की दरअसल उनके मन यह विश्वास घट कर गया था कि बोराई बाथौ (सर्वशक्तिमान) के अभिशाप के कारण उन्हें सब भोगना ही है। उन्हें कई प्रकार की अमानवीय यातनाएँ दी गईं। उसकी देह पर तलवार से वार किए गए, पर वे नहीं मरे। भाला भोंका गया–फिर भी वे नहीं मरे! उन्हें पूरी तरह भूखा रखा गया–पर वे मरे नहीं! उन पर गोली दागी गई–पर वे मरे नहीं! उन्हें मारने के लिए कई प्रकार के घातक हथियारों से वार किया गया परन्तु हर बार वह मुख्यमंत्री के हत्या के प्रयासों से बच निकला। अंततः वह हत्यारा राक्षस मुख्यमंत्री दैमालु की सौतेली मां के पास पहुंचा और उससे पूछा कि दैमालु को कैसे मारा जा सकता है? दैमालु की सौतेली मां ने एक आसान-सा तरीका बताया "दैमालु के कान में पिघला हुआ सीसा डाल दिया जाए तो क्षण भर में उसे मारा जा सकता है।"

हृदयहीन, निर्दयी मुख्यमंत्री ने ठीक वही किया जैसा कि दैमालु की सौतेली मां ने बताया था। पिघला शीसा कान में उड़ेलने पर इस वीर योद्धा का क्या

हश्र हुआ होगा इसका अंदाज आसानी से लगाया जा सकता है। इस तरह एक महान व युग-सृष्टा वीर जोहोलाव के जीवन का अंत हुआ। मृत्यु से पूर्व उन्होंने बोड़ो की प्रजा को सम्बोधित करके कहा–"वह ऐसे षड्यंत्रों से भविष्य में बचकर रहे जो कि देश के वीर योद्धाओं के विरुद्ध रचे जाते हैं, अन्यथा राज्य के जंगलों व पहाड़ों पर बसने वाली प्रजा को अनेक कष्ट झेलने पड़ेंगे।

भले उन्हें निकृष्टतम और हेय मृत्यु का सामना करना पड़ा है पर वे अपने पीछे आने वाली पीढ़ी के लिए अपनी साहसिकता, शौर्य, वफादारी, देशभक्ति और गौरवगाथा की महान विरासत छोड़ गये हैं। उन्हें जोहोलाव का दर्जा प्रदान किया गया, जो कि जननायक के बराबर है। वे नई पीढ़ी के लिए हमेशा प्रेरणा का स्रोत बने रहेंगे। बोड़ो साहित्य में उनकी कीर्तिगाथा संचयित है।

फरार रौंगफारपी (रौंगफारपी रौंगबे)

प्रस्तुति एवं अनुवाद : रमणिका गुप्ता

एओन नोकबे की मृत्यु के बाद मिकिर जनजाति में नेतृत्व की समस्या पैदा हो गई लेकिन कुछ बूढ़े लोगों ने यह महसूस किया कि एओन नोकबे की पत्नी रूंजा रौंगफारपी, अपने पति के बदले अच्छा नेता हो सकती है। इसलिए मिकिर लोगों ने उसे अपना आदरणीय नेता बना दिया। उन दिनों उत्तरी कछार के कछारी राजा पारोक रेचो (Parok Recho) राज में कार्बी जनजाति के लोगों पर बहुत ही जुल्म ढाया जाता था। कार्बियों का अपना कोई ऐसा नेता न था, जो इसके खिलाफ आवाज़ उठा सकता था। इसी रूंजा रौंगफारपी के समय में ही दिमासा राजा पारोक रेचो ने शेर के बच्चे पालने शुरू किए, जिन्हें वह रोज़ औरतों का दूध पिलाता था। दूध इकट्ठा करने के लिए उसने सेवक रख रखे थे, जो सवेरे-शाम जाकर मिकिर स्त्रियों का दूध जमा करके लाते थे।

एक सुबह शेर के बच्चे को दूध देने की बारी रूंजा की आ गई। दूध जमा करने वाले दो सेवक उसके घर के बाहर उसका इंतजार करने लगे क्योंकि वह बाहर जंगल से लकड़ियाँ लाने गई हुई थी। अभी उसने लकड़ियों का गट्ठर भी सिर से नहीं उतारा था कि उन्होंने दूध देने की जिद शुरू कर दी। रूंजा ने उनसे कहा–"तनिक रुको, पहले मैं अपने बच्चे को एक स्तन का दूध पिला लूं। फिर दूसरे स्तन का दूध तुम्हें दे दूंगी।"

लेकिन वे नहीं माने और उसके नजदीक जाकर उसके स्तनों को पकड़कर जबरन दूध निकालने की कोशिश करने लगे। रुंजा से यह दुर्व्यवहार सहन नहीं हुआ। उसने झट से लकड़ी के गट्ठर से अपनी कुल्हाड़ी निकाली और चिल्लायी–

"तुम्हारे शेर के बच्चे, मेरे बच्चे से ज्यादा महत्त्वपूर्ण नहीं हैं। नहीं मानते तो लो...।"

यह कहते हुए उसने सेवक का सिर काटकर उसे मौत के घाट उतार दिया। बाकी सेवकों ने भाग कर राजा को सारा वृत्तांत कह सुनाया। इस घटना के बाद मिकिर बहुत डर गए कि अब दिमासा लोगों के बदले का कहर उन पर बरपेगा। रूंजा ने मिकिरों को हौसला बंधाया और कहा–

"डरो मत, हम कोई न कोई रास्ता निकाल लेंगे।"

रुंजा रौंगफारपी और उसके बाकी गांव वालों ने एक बैठक बुलवाई और फैसला लिया कि राजा के सैनिकों के पहुंचने से पहले ही वे उस गांव को छोड़ देंगे और एक ऐसे सुरक्षित स्थान पर चले जाएँगे, जहां राजा के सैनिक पहुंच ही नहीं पाएँ। उसने सोच-विचारकर कहा कि–

"या तो हम दिमासा के खिलाफ युद्ध के लिए तैयार हो जाएँ, नहीं तो तीन दिन के अन्दर हमें ये स्थान छोड़कर जाना होगा।"

लोगों को उसने अपना घर छोड़कर कहीं और चलने की राय दी ताकि वे किसी सुरक्षित जगह जाकर छिप सकें। उसने भागने की योजना तैयार करके उन्हें आदेश दिया–"हम गांवों में घूम-घुमाकर ऐसे रास्ते बना दें, जो वापस आकर इसी गांव में मिल जाएँ, जहां से हम चलेंगे। इस प्रकार हमारे दुश्मन इसी भूलभूलैया के रास्तों में घूम-फिर कर बार-बार इसी गांव में लौटते रहेंगें। इस बीच हम अपने निर्धारित रास्ते से इन तीन दिनों में दिमासा लोगों से आगे, कहीं बहुत दूर निकल जाएँगे।"

रौंगफारपी के नेतृत्व में मिकिर लोगों ने रात के समय ही जैन्तिया हिल को लक्ष्य बनाकर उत्तर दिशा की तरफ भागना शुरू किया। भागने की इस राय के कारण ही कार्बी जनजाति में रुंजा रौंगफारपी को रौंगफारपी रौंगबे के नाम से भी पुकारा जाता है, जिसका अर्थ है फरार रौंगफारपी। ये माना जाता है कि इस घटना के बाद कार्बियों की पूरी जमात उत्तरी कछार छोड़कर रौंगखाँग क्षेत्र में आ बसी।

वे बहुत से अनचीन्हें जंगलों में भटकते रहे। इस जोखिम भरे सफर में लोगों ने उसके मार्गदर्शन पर पूरा भरोसा किया। इसी दौर से गुजरते-गुजरते कुछ दिनों बाद रूंजा रौंगफारपी को सपने में दिखा कि उनके गंतव्य स्थान से नदी तक का रास्ता बिल्कुल साफ कर दिया गया है। सपने में उसे उस नदी पर एक पुल भी नज़र आया। सपने में ही उसे यह भी बताया गया था कि अपने गंतव्य की ओर उन्हें सुबह मुंह अंधेरे उठकर जाना होगा अन्यथा उन्हें दुश्मनों से मुकाबला करना पड़ेगा, जो उनका लगातार पीछा कर रहे हैं। रूंजा ने सुबह ही उठकर सभी साथियों को जगाया और अपनी यात्रा शुरू कर दी। आगे जाकर उन्होंने देखा कि

रात भर में हाथियों ने जंगल में रास्ता बना दिया था। वे जल्दी-जल्दी नदी की ओर गए। हाथियों ने जो पेड़ नदी में गिरा दिये थे, वे उन पर चढ़कर नदी पार कर गए।

यह बरसात का मौसम था। बाढ़ग्रस्त नदी उफनती हुई बह रही थी और नीचे का पूरा का पूरा क्षेत्र बाढ़ के पानी से भर चुका था। जैसे ही उन्होंने नदी पार की, नदी किनारे शत्रु भी आ पहुंचे।

शत्रु पेड़ों से बने उस पुल पर चढ़कर अभी नदी के मध्य पहुंचे ही थे कि वह पुल उलटकर बह गया। सारे के सारे शत्रु नदी में गिर गए। उन्हें लहरें बहा ले गईं। थोड़े-बहुत जो बचे उन्हें मिकिरों ने मार गिराया। इस प्रकार शत्रुओं की सेना की टुकड़ियों पर टुकड़ियाँ आती गईं और मिकिर उन्हें मारते गए। यह कहावत मशहूर है कि नदी पर बना वह पेड़ों का पुल वास्तव में पेड़ से नहीं बना था। दरअसल वह बोवा (Boa) था, जो पेड़ की तरह दिखायी देता था। मिकिरों को उस नदी का नाम भी नहीं मालूम था। नदी तो एकाएक उनके सामने आ गई थी, इसलिए उन्होंने इस नदी का नाम क्लोफ्ली (Klophli) रख दिया, जिसका अर्थ होता है एकाएक मुकाबिल। बाद में यह कोपली नदी कहलायी।

उन्होंने फैसला किया कि वे एकरेंग नदी की घाटी में गांव बसाएँगे जो जैन्तिया राजा के क्षेत्र में थी। रौंगफारपी ने सोचा कि यदि वहां वे बसने के लिए पहले से राजा से इजाजत नहीं लेंगे तो बाद में वे मुसीबत में फंस सकते हैं। इसलिए उसने कतिपय मुख्य बुजुर्ग लोगों को चुनकर एक प्रतिनिधिमंडल बनाया और शरण देने की स्वीकृति के लिए राजा के पास भेजा। राजा ने इस शर्त पर उनकी दिक्कतों को समझने और उन्हें जमीन तथा खाने के लिए अनाज देना स्वीकार किया कि उन्हें जैन्तिया राजा की प्रजा बन कर रहना होगा। राजा की यह शर्त मिकिर लोगों को बुरी तो लगी पर उनके पास और कोई विकल्प भी नहीं था! इसलिए वे मान गए। रौंगफारपी की राय के अनुसार मिकिर लोग स्वयं जाकर जैन्तिया राजा की प्रजा बन गए। जैन्तिया राजा ने मिकिरियों को जैन्तिया पहाड़ियों के समूचे दक्षिण पूर्वी क्षेत्र की जमीन दे दी। जैसे ही मिकिरियों को जमीन मिली, उन्होंने वहां अपने गांव बसा लिए। इस प्रकार जैन्तिया राजा की प्रजा बने हुए उन्हें 10 वर्ष बीत गए। तब रुंजा ने महसूस किया कि उनमें से किसी एक मिकिर को लिंग्दोह भी बनना चाहिए। इस विषय पर उसने एक बैठक बुलाई और मिकिर लोगों में किसी को लिंग्दोह नियुक्त करने की बात रखी। रुंजा स्वयं उस प्रतिनिधि मंडल की नेता बनकर जैन्तिया राजा के पास गयी और अनुरोध किया कि राजा रुंजा के भाई बिसकैदा रौंगफार (Biskaida Rongphar) को कार्बी क्षेत्र

का लिंग्दोह बना दे। राजा ने इस प्रस्ताव की स्वीकृति दे दी। 2 जनवरी, 1558 में बोरपु आंगलौंग में (Borpu Anglong) बिसकैदा को प्रथम लिंग्दोह नियुक्त कर दिया गया।

रुंजा रौंगफारपी के शौर्य का यह किस्सा राजा के अन्याय के खिलाफ प्रतिकार करने की हिम्मत, हौसला और शौर्य पीढ़ी दर पीढ़ी कार्बी जनजाति के प्रेरणास्रोत हैं।

(स्रोत : 'द हिस्टोरी ऑफ कार्बी' तथा 'बोलोंग तेरांग' पर आधारित, लेखक–पी. सी. फांगचा)

वीर एओन तेरोन

प्रस्तुति : रमणिका गुप्ता

कार्बी जनजाति का वीर ऐओन तेरोन आज भी कार्बी गीतों में छाया हुआ है और उसकी वीरगाथा आशालु पहाड़ियों के चप्पे-चप्पे में बिखरी हुई है। कार्बी जनजाति मिकिर नाम से भी जानी जाती है। दरअसल ये लोग 13वीं सदी में रिआंग तेरोन (Riang Teron) के नेतृत्व में बोराक वैली को छोड़कर आशालु पहाड़ियों में आ बसे थे। उन्होंने आशालु पहाड़ियों के इर्द-गिर्द के क्षेत्र को अपने कब्जे में ले लिया और अपना मुख्यालय माहुर पठार पर बना लिया था। रिआंग तेरोन ने बोराक वैली को छोड़ते समय सुरमा घाटी के नेताओं से राय नहीं ली थी, इसलिए वे लोग रिआंग के दल के साथ आशालु नहीं आये, हालांकि बाद में वे भी यहीं आकर बस गए। लगभग दो सौ छत्तीस वर्षों तक वे बिना किसी कठिनाई के वहां आनंदपूर्वक रहे।

सन् 1536 में अहोमों ने दिमासा के राज पर हमला करके उन्हें दीमापुर से निकाल दिया। दिमासा लोग भागकर मायरांग (Mairang) में आ बसे और उसे ही उन्होंने अपना मुख्यालय बना लिया। उस समय उनका राजा गोविन्द था। राजा गोविन्द ने मिकिरियों में बहादुर और बुद्धिमान लोगों की खोज हेतु अपने जासूस छोड़ दिए थे। मिकिर इस बात को भांप गए थे लेकिन उनके पास न तो इतना हौसला था और न ही इतनी कुशाग्र बृद्धि व दक्षता कि वे दिमासा के साथ युद्ध करें। दरअसल सैकड़ों वर्षों से वे बिना किसी युद्ध के रहते आए थे। वे युद्ध, मुकाबला या हौसला आदि सब भूल चुके थे। इसलिए उन्होंने दिमासा राजा गोविन्द के आगे आत्मसमर्पण कर दिया। किंतु दस वर्षों के भीतर ही राजा गोविन्द मिकिर लोगों से विभिन्न प्रकार की चालाकियों और यातनाओं से भरा व्यवहार करने लगा। मिकिरों को परेशान करने के लिए राजा गोविन्द ने एक बार उन्हें बालू और धान के फूलों को मिलाकर हार बनाने का काम सौंप दिया। राजा ने उन्हें भैंसे के सींगों को तोड़-फोड़

और नुकसान पहुंचाए बिना सीधा करने का भी काम सौंप दिया। भोले-भाले मिकिरों ने यह काम संभाल लिया और सफलतापूर्वक उसे संपन्न भी कर दिया। पर उनके इन कार्यों को कर लेने से राजा को मिकिरों की चतुराई और बुद्धिमत्ता पर हैरत होने की बजाय शंका हो गई कि–"ये मिकिर तो कभी भी मेरे राज की हुकूमत के खिलाफ बगावत कर सकते हैं।"

राजा उनके प्रति इतना शंकालु हो उठा कि उसने मिकिर सरदारों और बहादुर लोगों को मारने की योजना बना ली।

उन दिनों रियांग का पोता एओन तेरोन (Aon Teron) परंपरागत तौर से प्रधान बन चुका था। वह बहुत बलिष्ठ और बहादुर था। उसने कार्बी युवाओं को बहादुरी की कला भी सिखाई थी। गोविन्द राजा एओन तेरोन और उसके बहादुर युवा साथियों को मौका पाते ही मारने की फिराक में था।

एक दिन राजा गोविन्द ने एक बहुत बड़े हॉल में मिकरी और दिमासा लोगों को अपने-अपने पुश्तैनी हथियारों के बिना एक साथ, एक ही हॉल में सभा के लिए आमन्त्रित किया। एओन यह खबर सुनते ही सशंकित हो उठा। उसे इस सभा के बुलाने के मकसद के पीछे कोई रहस्य या गुप्त योजना नज़र आयी, इसलिए उसने अपने साथियों को गुपचुप अपने पहने हुए कपड़ों के भीतर छोटे तीर-धनुष बांधकर ले जाने के लिए हिदायत दे दी। आदेशानुसार सभी उस सभा में उपस्थित हुए जहां अधिकारियों ने उन्हें दिमासाओं से अलग हटकर एक अलग पंक्ति में बैठने का आदेश दिया।

राजा हाथी पर चढ़े-चढ़ाए ही सभाकक्ष में आया। उसने महावत को हाथी की सूड़ से सब उपस्थित लोगों को गिनने का आदेश दिया। हाथी ने पहले दिमासा लोगों की पंक्ति में सबको गिना। उसके बाद महावत ने अपने हाथी को मिकिर लोगों को गिनने के लिए मोड़ा। सबसे पहली पंक्ति में मिकिरों का प्रधान एओन तेरोन बैठा था। महावत ने सबसे पहले एओन को हाथी की सूंड से पकड़वा कर मार डाला। इस घटना के तत्काल बाद मिकिर लोगों ने कपड़े उतारकर अपने-अपने तीर-धनुष हाथों में ले लिये और सभास्थल युद्धस्थल में बदल गया। सबसे पहले उन्होंने महावत को मारा। फिर एक-एक कर अपने शत्रु दिमासाओं को बुरी तरह मार गिराया। मिकिरों द्वारा वहां उपस्थित सभी शत्रु आसानी से मार दिए गए चूंकि दिमासा लोगों के पास कोई हथियार नहीं था और न ही वे इसके लिए तैयार थे। युद्ध में मिकिरों की जीत हुई लेकिन अपने प्रधान एओन तेरोन के मरने का उन्हें गहरा दुख था। उपरोक्त घटना के बारे में ऊपर लिखा

सब वर्णन उनकी गीत-पुस्तिका 'सार अलुन' (Sar Alun) में इस प्रकार दिया गया है–

पारोक बांग वान अकेंग केथे/लखायू रामू पोनो नेके/ पारोक अपहान लखादेत अंके कार्बी अदेंग नांग पाले/ अफरांग दो दुन एओन नोकबे/ पा–फेलोक एकेंग केथेरा इ दाम तांगलो नोकबे/रूंजा रौंगफारपी।

(स्रोत : 'द हिस्ट्री ऑफ कार्बी' तथा 'बोलोंग तेरांग' पर आधारित : लेखक–पी.सी. फांगचू)

असम-कार्बी

वीर सेनापति थौंग नोकबे

प्रस्तुति : सर बिदोर सिं क्रो
अनुवाद : थेस्सो क्रॉपी

कार्बी की पौराणिक कथाओं में जिस तरह 'रोंग्फारपी रोंग्बे' की कथा प्रसिद्ध है वैसी ही थोंग नोकबे की कथा भी।

कहा जाता है कि प्राचीन काल में कार्बी जाति में एक ताकतवर व्यक्ति पैदा हुआ था, जिसका नाम थोंग था। उनके पिता का नाम तामसीर तेरॉन और माता का नाम काचे बेपी था। थोंग बचपन से ही अन्य बच्चों से अलग था। वह छोटे समय से ही तेज और चतुर था। उसके शरीर में अद्भुत शक्ति थी। उसे धनुष चलाना, तलवार चलाना, भाला फेंकना, आग से खेलना, तेज दौड़ना, ऊंचाई से कूदना आदि पसन्द था। खेल में उसे कोई नहीं हरा सकता था। इसीलिए हमउम्र बच्चे हार जाने के डर से उसके साथ नहीं खेलते थे। थोंग बच्चों की भावनाओं को समझता था, अतः खेल में स्वयं भाग न लेकर उनको तरह-तरह के खेल सिखाया करता था, जिसके कारण बच्चे उसके आगे-पीछे दौड़ते रहते थे।

कार्बी जाति धनसोरी (नागालैण्ड की सीमा) में हिडम्ब राजा कृष्णकांत के अन्यायों से बचते हुए मेघालय की सीमा में जा बसी, इस जाति की जनसंख्या अधिक होने पर भी उनका अपना कोई राजा न था जो दीवार की तरह खड़े होकर अपनी जाति की रक्षा कर सकता। परिणामतः कार्बी प्रदेश जैयन्तियों के कब्जे में चला गया। जैन्तिया लोग भी कार्बी जाति पर तरह-तरह से अत्याचार करते थे। वे उन पर अपनी भाषा, संस्कृति, रीति-रिवाजों को जबरन थोपते थे। ऐसे समय में थोंग धीरे-धीरे बड़ा हो रहा था। थोंग बचपन से ही धनसोरी से पलायन की कथा भी देख रहा था। अपने आसपास अपने लोगों पर हो रहे अन्याय एवं अत्याचारों को देखते हुए उसमें जातीयता की प्रबल भावना जगी और जैन्तियों के खिलाफ विद्रोह की आग सुलगने लगी। जब आसपास के

लोगों ने उसकी अद्भुत ताकत एवं दृढ़ता को देखा तो सबने उसका नाम रखा थोंग नोकबे। नोकबे का अर्थ होता है--शक्तिमान।

जैन्तिया राजा के आज्ञानुसार हर साल वर्षा ऋतु खत्म होने पर जनतापुर (जैन्तिया की राजधानी) से मिलने वाली सभी सड़कों की मरम्मत करनी पड़ती थी, जिससे अगले वर्षा ऋतु में लोगों को एक स्थान से दूसरे स्थान तक आने-जाने में परेशानी न हो। इस कार्य के लिए दोनों जातियों को साथ-साथ काम करना पड़ता था। लेकिन उसमें सब भारी काम कार्बी लोगों से ही करवाये जाते थे। यदि कोई उस काम में नहीं जा पाता था तो उसको मौत की घाट उतार दिया जाता था। दिन भर काम करने के बाद शाम को एक तरफ जैन्तियों और दूसरी तरफ कार्बी लोगों को खड़ा कर दिया जाता था। एक जैन्तिया आदमी दाउ की नोक से सभी जैन्तियों की ललाट पर हल्का-हल्का सा ठोकते थे, जबकि कार्बी लोगों की ललाट पर जोर-जोर से ठोकने के कारण उनके ललाट से खून टपकने लगता था। इसके बावजूद इस अन्याय का विरोध करने की हिम्मत किसी में भी नहीं थी। यह बात उड़ते-उड़ते थोंग के पास पहुंची। थोंग अधिक बड़ा नहीं हुआ था, इसलिए परिवार वालों ने उसे वहां जाने से मना कर दिया। किंतु वह अपने आप को रोक न सका। अगले दिन से वह भी रास्ता बनाने के काम में शामिल हो गया। शाम को प्रतिदिन की तरह सब लोगों को पंक्तियों में खड़ा करवाया गया। एक जैन्तिया कार्बी लोगों की ललाट पर ठोकने ही वाला था कि थोंग ने उसे रोक दिया और बोला--"आज सब की ललाट पर ठोकने की बारी हमारी है। अतः थोंग ने वैसे ही किया जैसे जैन्तिया करते थे। थोंग ने कार्बी लोगों की ललाट पर हल्के-हल्के ठोका और जैन्तियों पर जोर-जोर से ठोकते हुए आखिरी आदमी का सिर काट दिया। यह देखकर सभी जैन्तिया जान बचाने के लिए भागे।

अगले दिन राजा के पास शिकायत पहुंची। राजा ने थोंग को मरवाने के लिए अपनी सेना भेजी। थोंग इसके लिए पहले से ही तैयार था। उसने सेना को रोकने के लिए जगह-जगह पत्थरों के ढेर लगवा दिये। उसने अपनी बुद्धि एवं ताकत से स्वयं कार्बी लोगों की रक्षा की। सेना हार मानकर वापस चली गई। थोंग द्वारा इकट्ठे किए गए पत्थरों का ढेर आज भी पश्चिमी कार्बी आंग्लोंग में देखा जा सकता है।

कुछ दिनों बाद राजा ने अपने सेनापति को आज्ञा दी कि थोंग को जिंदा पकड़कर दरबार में हाजिर किया जाए। राजा की आज्ञा होने पर थोंग स्वयं ही दरवार में उपस्थित हुआ। दरबार में राजा ने उसे कई तरह के सवाल पूछे, जिनका थोंग ने सही-सही जवाब दिया। राजा भी उसकी तेज़ बुद्धि एवं दृढ़ता से चकित था। राजा

ने कुछ सोचकर थोंग की अन्य परीक्षाएँ लेने का कार्य अपने मंत्रियों को सौंप दिया। वास्तव में राजा को एक बुद्धिमान एवं साहसी सेनापति की आवश्यकता थी। थोंग सभी परीक्षाओं में सफल हुआ था। राजा ने निश्चिंत होकर थोंग के एक दांत और एक बाल में सोने का पानी चढ़ाया और उसे अपना मुख्य सेनापति बना दिया। राजा के इस फैसले से अन्य सेनापति नाराज़ तो हो गए किन्तु सीधे रूप से विरोध करने की किसी की हिम्मत न थी। थोंग जैन्तियों का सेनापति पद स्वीकार करना नहीं चाहता था परन्तु अपनी कार्बी जाति की रक्षा के लिए कोई राह न देखकर उसने राजा की बात मान ली।

थोंग के सेनापति बनते ही कार्बी लोगों पर अत्याचार का सिलसिला भी बन्द हो गया। दोनों जातियों के बीच प्रेमपूर्वक सामाजिक आदान-प्रदान भी होने लगा। खासी संस्कृति पहले से ही उन्नत थी, अतः कार्बी लोगों ने अपनी भाषा-संस्कृति के विकास के लिए उनके कई रीति-रिवाजों को भी आत्मसात कर लिया—मुख्य रूप से धार्मिक अनुष्ठानों को।

थोंग ने सेनापति पद संभालने के बाद राजा के लिए कई बड़े-बड़े काम किये। जैन्तिया के आसपास जो ताकतवर व्यक्ति होता था थोंग उसका सिर लाने के लिए कहता था। अतः थोंग की सहायता से राजा ने कई लोगों को मरवाया और कई क्षेत्रों को जीतकर अपने राज्य का विस्तार किया। यद्यपि थोंग ने कई युद्ध जीते और हारे थे पर उनके जीवन की दो घटनाएँ ध्यान देने योग्य हैं।

जैन्तिया राज्य के पड़ोस में किलानी (अब धिलानी) नामक प्रदेश में एक शक्तिशाली व्यक्ति था। वह अपने राज्य का तो रक्षक था लेकिन वह दूसरी जातियों पर अत्याचार करके अत्यधिक खुश होता था। उस जमाने में वोथातलांग्सो (अब बायथालांग्सो) और चेकसों के बीच में किलानी प्रदेश पड़ता था, जिसके कारण दोनों प्रदेश के लोगों को आने-जाने के लिए किलानी प्रदेश को पार करके जाना पड़ता था। अतः जो भी जाति के लोग उस प्रदेश से गुजरकर जाते थे, वे लोग या तो उन्हें लूट लेते या फिर मौत की घाट उतार देते थे। जब यह शिकायत जैन्तिया राजा के पास पहुंची तो राजा ने थोंग को उस आदमी का सिर लाने भेजा। थोंग राजा का हुक्म पाकर उस आदमी का पता लगाने चला।

थोंग ने सबसे पहले गिलहरी का रूप धारण करके उस व्यक्ति के पास तक पहुंचने की कोशिश की। परन्तु उस हत्यारे को सब पता लग गया। दूसरी बार थोंग स्वयं चूहे का रूप धारण कर हत्यारे के पास पहुंचा। उसके पास पहुंचने पर थोंग ने अनुमान लगाया कि इस विशालकाय आदमी को युद्ध से नहीं हराया जा सकता। थोंग ने सोते वक्त ही उसका सिर काटने की योजना बनाई। परन्तु

उसकी गर्दन इतनी बड़ी और मोटी थी कि एक बार में धड़ से अलग करना आसान नहीं था। अतः थोंग ने बिना सोचे उसका एक पैर काट दिया। जब उसकी नींद टूटी तो वह दर्द से तड़प उठा और गुस्से में आग बबूला होकर आसपास के सारे पेड़-पौधों को उखाड़कर थोंग की तरफ फेंकने लगा। बाद में रक्त ज्यादा बहने के कारण वह वहीं ढेर हो गया। मरते वक्त दर्द और दुःख से उसने थोंग को अभिशाप दिया–

"जिस तरह तुमने मेरी पीठ पर वार किया और मुझे धोखे से मारा है उसी तरह तुम्हें भी एक दिन कोई धोखे से ही मारेगा।" इस विशालकाय आदमी के मरते ही लोगों ने खुशियाँ मनाईं। जैन्तिया राजा ने प्रसन्न होकर थोंग को पुरस्कृत किया।

दूसरी घटना में थोंग का अन्त हुआ। कोप्ली नदी के आसपास माइबोंग नामक प्रदेश में कचारी (दिमासा) राजा था। उनका अपना एक ताकतवर सेवक था। वह सेवक अपने राजा एवं प्रदेश के लिए जान देता था। वह तिरकीम नामक स्थान में रहता था। कहा जाता है कि उस ताकतवर आदमी में ज़रा-सी दया नहीं थी और न ही उसको बच्चों से प्रेम था। तालाब में मछली पकड़ने के लिए गांव के छोटे बच्चों को पकड़कर कीड़े-मकोड़े की तरह रस्सी से बांधकर फेंक देता था। उस तालाब का नाम बीहिई था। आमरेंग नामक नदी बहकर इस बीहिई में आती है। इसी क्षेत्र की एक सुन्दर युवती जिसका नाम आरबान तेरांगपी था, इसी आमरेंग नदी में नहाया करती थी। उस युवती के घने एवं लम्बे बाल देखकर लोग ताकते रह जाते थे। उसका एक बाल टूटकर पानी के साथ बहता हुआ बीहिई तक जा पहुंचा। दुर्भाग्य से वह टूटा बाल उस ताकतवर व्यक्ति के हाथ लग गया। उसने आज तक इतना लम्बा बाल कभी नहीं देखा था। अतः उसने अपने सेवकों से उस लड़की को खोजकर लाने की आज्ञा दी, जिसका बाल उसके हाथ में था। उस लड़की को खोजते हुए नौकर लोग आमरेंग के किनारे-किनारे चलते गये। एक जगह नदी के किनारे पत्थर पर बैठकर हर दिन की तरह वह युवती नहा-धोकर अपने बालों को सुखा रही थी। उस लड़की के लम्बे बाल देखकर उस नौकर ने समझा कि हो न हो यह वही लड़की है, जिसका एक बाल हमारे मालिक के पास है। उसने मौका देखकर उस लड़की का अपहरण कर लिया। उसके मालिक ने उस युवती को अपने पास कैद करके रख लिया। दूसरी तरफ आरबान के माता-पिता परेशान हो रहे थे कि वे अपनी बेटी को कैसे छुड़वाएँ। उन्होंने कुछ लोगों के साथ जाकर राजा से मदद के लिए फरियाद भी की। इतना ही नहीं यह ताकतवर आदमी जैन्तियों पर भी तरह-तरह के अन्याय करता था। उनकी

धन-दौलत लूट लेता था। राजा भी पहले से ही उसके कई किस्से सुन चुके थे। अतः जैन्तिया राजा ने तिरकीम के विशालकाय आदमी से अपनी प्रजा की रक्षा करने का वायदा किया।

यद्यपि जैन्तिया राजा के पास थोंग नोकबे के अलावा भी कई सेनापति थे और वे सभी जानते थे कि इस बार, जो भी तिरकीम के उस ताकतवर आदमी को हरायेगा, वही राजा का बायाँ हाथ बन जाएगा। सेनापतियों को अनुमान हो गया कि आरबान तेरांगपी को छुड़ाने का काम थोंग को ही देगा। इसलिए वे थोंग से मन ही मन और भी अधिक जलने लगे थे।

राजा ने अगले दिन आरबान को छुड़ाने के लिए थोंग को आज्ञा दी कि जैसे भी बने उस आदमी का सिर चाहिए।

थोंग सबसे पहले अपने माता-पिता से आशीर्वाद लेने गया। फिर आरबान के माता-पिता के पास गया। उनसे जानकारी प्राप्त करने के बाद आमरेंग नदी के किनारे-किनारे जाकर तिरकीम के उस विशालकार व्यक्ति के ठिकानों का पता लगाया। वह उन लोगों के साथ अजनबी बनकर जगह-जगह गया। कुछ ही दिनों में उसने अपनी बुद्धि और मेहनत से सब पता लगा लिया। उसके बाद वह तुरन्त राजा के पास गया और युद्ध के लिए आज्ञा मांगी। थोंग अकेला ही जाना चाहता था परन्तु राजा ने उनके साथ अन्य सेनापति एवं सैनिक भी भेज दिए।

थोंग सेनापति एवं सैनिकों के साथ चलते-चलते कोप्ली नदी के किनारे थारवे लांकबी (आम के तालाब) नामक जगह पर पहुंचा। तालाब के किनारे बहुत बड़ा आम का पेड़ होने के कारण इसका नाम आम के तालाब रखा गया था। उसी पेड़ के नीचे सब सैनिकों को रुकने के लिए कह कर वह अकेला ही चल पड़ा। थोंग अपनी चालाकी से जल्दी ही आरबान को छुड़ा लाया और राजा के हुक्म के अनुसार उस आदमी का सिर भी लेता आया। आरबान को तुरन्त माता-पिता के पास भेज दिया गया। थोंग अपने साथियों के पास पहुंचा। थोंग तथा उसके सैनिक लोग खुश थे। लेकिन सेनापतियों के मन में कुछ और ही था। सब को भूख लग रही थी। अतः एक सेनापति ने कहा कि हम लोग तो इतने भूखे हैं कि पेड़ पर चढ़ने की ताकत भी नहीं रही। अतः तुम ही आम के पेड़ पर चढ़कर ढेर सारे आम तोड़ दो। थोंग अपना धनुष-बाण, तलवार वगैरा उतारकर पेड़ पर चढ़ गया। पेड़ पर चढ़ते ही नीचे से सैनिकों ने थोंग पर धनुष-बाण की वर्षा करना शुरू कर दिया। थोंग खाली हाथ होने के कारण अपनी रक्षा नहीं कर सका और मारा गया। सेनापतियों ने उसका सिर काटकर राजा के सामने पेश किया। राजा थोंग का कटा सिर देखकर विक्षिप्त सा हो गया। लेकिन सेना खुश थी। राजा ने इस हरकत के लिए पता लगाया। सब

जानकारी प्राप्त करने के बाद सबको बुलाकर कहा कि थोंग कार्बी जाति का एक बुद्धिमान एवं शक्तिशाली सेनापति था। उसे हमने जैसे चाहा वैसा काम करवाया था। अतः उसका कार्बी रीति-रिवाज के अनुसार धूम-धाम से अन्तिम संस्कार होना चाहिए और थोंग नोकबे के साथ जितने लोग भी गये थे, वे सब भी उसके अन्तिम संस्कार के समय उपस्थित रहें।

थोंग नोकबे का अन्तिम संस्कार का समय आया। उसमें प्रजा भी शामिल हुई। राजा ने उन दोषियों को भी उसी आग में यह कहते हुए झोंक दिया–"अब तुम मरने के बाद भी थोंग के लिए खाना बनाना और उसके कपड़े धोना। तुम उसके घर की सफाई भी करना और उसके नहाने-धोने की व्यवस्था भी।" उसके बाद दोषियों के परिवार को कार्बी जाति के लिए मनुष्य ऋण चुकाने को कहा गया।

कठिन चुनौतियों का प्रेरक : थोंग नोकबे

प्रस्तुति : फुकन चंद्र फांगचू
अनु. रमणिका गुप्ता

संभवतः 17वीं सदी में रौंगखांग (Rongkhang) के कार्बियों में थौंग तेरोन (Thong Teron) नामक एक बहुत ही बहादुर योद्धा था। उस समय रौंग खांग क्षेत्र जैन्तिया प्रशासन के अंतर्गत था। थौंग बचपन से ही शारीरिक और मानसिक रूप से अत्यन्त ही बलवान था। वह हथियारों और अस्त्र-शस्त्र के इस्तेमाल तथा सामूहिक नेतृत्व करने में भी दक्ष हो गया था। वह जैन्तिया लोगों के युद्ध के विशेष अस्त्र-शस्त्र जैसे तीर-कमान तथा कार्बियों के खास शस्त्र 'ढाल' और लम्बी धारदार तलवार (Nok) को चलाने में भी प्रवीण हो गया था। यह भी किंवदंती है कि वह अकेले ही बहुत भारी-भारी पत्थर उठा सकता था, जिन्हें साधारणतया तीन या चार तगड़े बलवान मिलकर भी नहीं उठा सकते थे। अनुश्रुति के अनुसार उसकी बाहें और टांगें दूसरे मनुष्यों से कुछ ज्यादा ही लम्बी और बड़ी थीं।

उसे अपनी जाति से बहुत प्रेम था। वह जैन्तिया और अन्य कबीलों द्वारा अपने लोगों पर जुल्म और शोषण सहन नहीं कर सकता था। उसने खुलेआम अन्याय और जुल्म का प्रतिवाद करना शुरू कर दिया था। जैन्तिया राजा भी उसके बारे में सब जान गए थे। जैन्तिया राजा उस बहादुर योद्धा की शारीरिक और मानसिक शक्ति तथा हौसले का प्रशंसक था, इसलिए उसने ने उसे अपनी फौज का मुख्य सेनापति बना दिया। राजा के इस कदम का जैन्तिया सेना के कुछ अधिकारियों ने जमकर विरोध किया। एक रोज जब थौंग बाहर दौरे से वापस आ रहा था तो उन्होंने उसे धोखे से मार दिया।

आज थौंग तो नहीं है लेकिन हर कार्बी व्यक्ति के मन में थौंग नौकबे (Thong Nokbe) अर्थात् नायक थौंग, कठिन से कठिन चुनौतियों का मुकाबला करने की प्रेरणा के रूप में मौजूद है।

(स्रोत : 'द हिस्टोरी ऑफ कार्बी' लेखक : बोलोंग तेरांग पर आधारित)

सोने के तीन टुकडे : वायसोंग तेरांग

प्रस्तुति : रमणिका गुप्ता

संभवतः 18वीं शताब्दी के अंत और 19वीं शताब्दी के आरम्भ के दौर में थौंग नौकबे की मृत्यु के बाद कार्बी समाज का अगला नायक वायसोंग तेरांग हुआ था। जैन्तिया लोगों की तरह खासी लोग भी कार्बियों के शत्रु बन गए थे। वायसोंग ने इस स्थिति को बहुत ही चतुराई से संभाला और उसके समाधान का रास्ता खोजने लगा। उसने खासियों पर आक्रमण करने के लिए एक योजना तो बनाई थी लेकिन उसके क्षेत्र से उसके साथ कोई भी युवक इस योजना में उसका साथ देने आगे नहीं आया। वायसोंग ने अकेल ही खासियों के कई गांवों और घरों को आग लगा कर राख में मिला दिया और सैकड़ों लोगों की हत्या कर दी। उसने गांव के गांव नष्ट कर दिए। इस प्रकार उसने खासियों से अपनी कौम के साथ हुए अत्याचार का बदला लिया।

खासी लोग आमने-सामने होकर उसे गिरफ्तार करने में सक्षम नहीं हो पा रहे थे, इसलिए उन्होंने उसके साथ एक चालाकी भरा खेल खेला। उन्होंने एक खासी औरत, जो वायसोंग से नजदीकी रिश्ता रखती थी को इस काम के लिए नियुक्त किया कि वह वायसोंग को बहुत अधिक मात्रा में अत्यधिक शक्तिशाली शराब पिला दे।

वह महिला, जैसा उसे बताया गया था, वैसा ही करने में सफल हो गई। फलतः जब वायसोंग पूरी तरह नशे में धुत्त हो गया तो सिपाहियों ने उसे बड़ी आसानी से गिरफ्तार कर लिया। उसे बहुत लम्बी सज़ा हुई। लम्बी सज़ा देने के बावजूद भी राजा वायसोंग की बहादुरी और हौसले से बहुत प्रभावित था।

बहुत वर्षों तक सज़ा काटने के बाद जब वायसोंग जेल से छूटा तो राजा ने उसके साथ दोस्ती और कूटनीतिक संबंध स्थापित कर लिए। अपनी दोस्ती को प्रदर्शित करने हेतु राजा ने वायसोंग के एक दांत को सोने से मढ़वा दिया और वायसोंग को राय दी कि वह कछारी और अहोम के राजाओं से भी, जो उस समय

शासन करते थे अपने संबंध कायम करे। दरअसल वायसोंग कार्बियों को पुनर्संगठित और एकत्रित करके अपना एक अलग प्रदेश बनाने की आकांक्षा पालता था, जिसमें कार्बी आंगलोंग का पूर्वी भाग और नगांव का इलाका शामिल हो। उसे राजा की यह राय जंच गई और उसने उसी के अनुसार कदम उठाया और दोनों राजाओं से सम्पर्क साधा। कछारी के राजा ने मायबोंग तथा अहोम राजा (सम्भवतः कमलेश्वर सिं) ने गरहगांव (Garhgaon) में वायसोंग को अपने मित्र के रूप में स्वीकार ही नहीं किया बल्कि उन्होंने वायसोंग द्वारा प्रस्तावित कार्बी प्रदेश की सीमाओं को भी मान लिया। खासी राजा की तरह ही उन्होंने भी अपनी मित्रता के प्रदर्शन स्वरूप वायसोंग के एक-एक और दांत यानी दोनों दांतों को सोने से मढ़वा दिया। संभवतः वायसोंग 1809 से 1820 ए.डी. के बीच तुलाराम और कमलेश्वर सिं से मिला होगा।

वायसोंग की मृत्यु के बाद कार्बी प्रदेश सचमुच टुकड़े-टुकड़े हो गया और हर एक टुकड़ा स्थानीय प्रभुत्वकारी लोंगों अथवा परिवारों के कब्जे में आ गया। अंग्रेजों के जमाने में ऐसे लोगों को मौजादार (Mauzadar) नाम से भी पुकारा जाता था।

कार्बी लोग पूर्वी क्षेत्र, जो एक पहाड़ी हिस्सा है को हिमा आसार (राज्य) कह कर पुकारते थे और वायसोंग को बहुत ही आदर से सेरहोंग थोम (Ser Hong thom) यानी सोने के तीन टुकड़े कह कर पुकारते हैं।

वीर पेंतुचेपचेप की कहानी

प्रस्तुति : सिबैस्टियन जुमवू
अनुवाद : अक़ील क़ैस

प्राचीन युग की कहानी है यह। नागालैंड के एक नोक्रांग नामक गांव के सरदार की इकलौती बेटी, जब जवान हुई तो उसके अपूर्व रूप-सौंदर्य की कीर्ति नदी-पहाड़ फलांगकर दूर-दूर तक फैल गई। गांव-प्रदेश का हर युवा उसकी असाधारण सुंदरता पर लट्टू था। बड़े नामी शूर-वीर और योद्धाओं के मन में इस रूपसी से विवाह करने की लालसा थी। सरदार के पास उसकी बेटी के लिए संदेशों का तांता लग गया। लड़की विवाह-योग्य हो गयी थी, सो उसके हाथ पीले करने भी जरूरी थे। मगर बूढ़े सरदार के प्राण मानो अपनी बेटी में ही बसे थे। जब भी उसके पास बेटी के लिए कोई उचित प्रस्ताव आता, वह खुश होने की बजाए बेचैन हो उठता। समाज की रीति-नीति के अनुसार बेटी को ब्याह कर दामाद के साथ विदा कर देने के पश्चात, एकाकी बुढ़ापा झेलने का विचार उसे असह्य मालूम होता। वह चाहता था कि उसकी बेटी उसी के पास रह जाए और बदनामी भी न हो। अपनी इस उलझन से छुटकारा पाने हेतु वह कोई न कोई जुगत बिठाने की जुगाड़ में लगा रहता। उसने अपने प्रदेश में धनेश पक्षी तो बहुत देखे थे, पर दोधारी पंख वाला धनेश कभी नहीं देखा था। दरअसल दोधारी धनेश पंछी एक लुप्तप्राय प्रजाति था। दो धारियाँ वाले धनेश पक्षी को लाने की चर्चा प्रायः किस्से-कहानियों में ही सुनी जाती थी, जिसे किसी ने नहीं देखा था। बस उसने तुरंत तय कर लिया कि बेटी का हाथ मांगने वाले के समक्ष यदि यह शर्त रख दी जाए, तो उसे कोई पूरा ही नहीं कर पाएगा। न शर्त पूरी होगी और न उसकी बेटी उससे जुदा होगी। बस फिर क्या था। उसने घोषणा कर दी–

जो लायेगा दोधारी धनेश पंछी
ब्याह दूंगा मैं उसी से अपनी बेटी तुरंत ही!

इस प्रकार उसने बेटी के विवाह के प्रस्तावों को चतुराई से टालने का उपयुक्त बहाना खोज लिया।

उसकी शर्त की मुनादी इलाके में करा दी गई। इस घोषणा से इलाके के सारे वीर-बांकुड़ों के मन-प्राण में हलचल मच गई। वे अपनी सारी व्यस्तताएँ छोड़ कर, उस असाधारण रूपसी को अपनी प्रेयसी के रूप में पाने की कामना लिए घर से निकल पड़े। उन्होंने जमीन, मैदान, पहाड़, जंगल—यानी कि इलाके का चप्पा-चप्पा छान मारा, पर किसी को दो-धारी पंखों वाला धनेश पंछी न मिलना था, न मिला। सरदार उन युवकों की असफलता की कहानी सुनता, तो मन ही मन असीम संतोष अनुभव करता। किंतु वह अपनी खुशी प्रकट नहीं होने देता।

एक दिन सुदूर मैदानी प्रदेश से अहोम वंशी एक राजकुमार बड़ी राजसी शान से कुछ सैनिक साथियों के साथ वहां आया। उसने नोक्रांग के सरदार से मिलने की इच्छा प्रकट की। सरदार ने अहोम वंशी राजकुमार के अपने यहां आने से स्वयं को सम्मानित अनुभव किया। उसने प्रसन्न होकर राजकुमार को अपने पास बुला लिया। राजकुमार ने बूढ़े सरदार को पिंजरे में एक पक्षी भेंट किया। राजा ने प्रसन्नतापूर्वक भेंट स्वीकार की और निकट से उस पिंजरे में झांक कर देखा। अंदर एक अत्यंत सुंदर दुर्लभ धनेश बैठा था। अनोखी बात यह थी कि इस धनेश का केवल एक ही पंख दोधारी चिह्नोंवाला नहीं था। उसके तो सारे पंख ही दोधारी थे। पक्षी की सुंदरता से अभिभूत होकर बूढ़ा सरदार बोल पड़ा—'अद्‌भुत!' पर दूसरे ही क्षण उसे अपना वचन याद आ गया। उसके चेहरे पर मायूसी पुत गई। वह मन ही मन उस क्षण पर बहुत पछताया जब उसने बेटी ब्याह देने की शर्त की घोषणा की थी।

वह सोचने लगा—''काश! मैंने दोधारी पंखों वाले धनेश की शर्त न रखी होती।''

पर अब किया भी क्या जा सकता था? अपने वचन से फिरना संभव नहीं था। मजबूरन अपनी घोषणा के अनुसार सरदार ने अपनी प्यारी वेटी का हाथ राजकुमार को सौंप दिया और विवाह की रस्म पूरा कर, भारी मन से उसे सुदूर अहोम राज्य के लिए विदा कर दिया। सरदार के पास बदले में रह गया दोधारी पंखों से सजा दुर्लभ सुंदर धनेश। सरदार उसे देख भावुक होकर बोला—

बुढ़ापे में इकलौती बेटी मुझसे हुई विदा
सपना टूटा, नेह टूटा, टूट गयी आशा / मैं हुआ अकेला
मेरी बिटिया-सा ही सुन्दर धनेष / है अब मेरी संतान
दूंगा इसे ही मैं पिता का पूरा प्यार!

सरदार धनेश को अपनी बेटी की तरह प्यार करने लगा। वह उसके खाने-पीने, इच्छा-अनिच्छा का ध्यान रखता। धनेश भी उससे खूब हिल-मिल गया। सरदार उसे सुबह-सुबह पिंजरे से आजाद कर आकाश-क्षितिज नापने को छोड़ देता। पक्षी दिन भर दूर-पास के पूरे इलाके में स्वच्छंद उड़ान भरता फिरता। जैसे ही सांझ की छाया उतरने लगती, तो वह वापस अपने मालिक के पास आ जाता। सरदार उसे खूब दुलारता। सरदार के प्राण अब उस छोटे-से पक्षी में ही बस गए थे।

नोक्रांग गांव से दूर पहाड़ी पर एक और गांव था–लोंगखुम। लोंगखुम के सरदार का एक गुलाम बहेलिया था। जिसका नाम था मेज़ापांग। वह गुलाम बहेलिया हर रोज़ अपने सरदार के लिए पक्षियों का शिकार करने के उद्देश्य से जाल बिछाता था। उसकी नज़र नोक्रांग के सरदार के असाधारण सुंदर पंखों वाले, रंगबिरंगे धनेश पर पड़ी। उसका मन ललच उठा। यह धनेश केवल सुंदर ही नहीं था, वह उधर उड़ता हुआ आता और बहेलिए द्वारा बिछाए जाल से बचता हुआ, दाने-पानी के लालच को ठुकराते हुए उसके पास से गुज़र जाता। बहेलिए के मन में उसे पकड़ने की इच्छा और भी बलवती हो उठी। धनेश को देखकर वह बोल पड़ा–

'बस देखते रहना सुंदर चिड़िया,
जल्द ही मैं सौंपूंगा तुझे
अपने मालिक को–ज़िंदा या मुर्दा!'

पर कई दिन गुज़र गए। धनेश उसके खूनी जाल में नहीं फंसा। बहेलिए की आंखें आकाश में स्वच्छंद विचरते उस पक्षी का दूर तक पीछा करते-करते पथरा जातीं। आखिर एक दिन हताश होकर गुस्से में वह शिकार करने ही नहीं गया। वह अपने घर के ही एक कोने में पड़ा रहा। अपनी असफलता से उपजे अवसाद के कारण– न तो उसने कुछ खाया, न पिया। लोंगखुम के सरदार ने अपने गुलाम की यह दशा देख, उससे इस उदासी का कारण पूछा। बहेलिए ने मन की बात उसे बता दी। सरदार ने मेज़ापांग को सलाह देते हुए कहा–

जिस पेड़ पर बैठता है वह अपूर्व सुंदर पक्षी
उसकी हर डाल पर, हर भाग पर गोंद लगा दो...!

बहेलिए ने अगले दिन वैसा ही किया। और लो! उस दिन दोधारी पंखोंवाला धनेश पक्षी उसके कब्जे में था। मेज़ापांग की खुशी का ठिकाना न था। उसने यह बहुमूल्य उपहार अपने सरदार को भेंट किया। उधर नोक्रांग का सरदार अपने प्रिय पक्षी को वापस न पाकर व्याकुल हो उठा था। उसने अपने लोगों को उसे ढूंढकर लाने की आज्ञा दी। लोगों ने धनेश की खोज में जंगल-जंगल छान मारा। वे कई

दिनों तक इस उम्मीद में घूमते फिरे कि कहीं न कहीं तो वह धनेश पक्षी मिलेगा ही। पर मानो उसे आसमान लील गया हो। मायूस होकर लोगों ने उसकी खोज करनी बंद कर दी।

लोंगखुम के सरदार ने अपने बहेलिए द्वारा पकड़े गए धनेश को जब देखा, तो वह उसकी सुंदरता देखकर दंग रह गया। वह समझ गया कि यह कोई साधारण पक्षी नहीं है। इतना बहुमूल्य पक्षी उसके पास है, यह जानकर पासपड़ोस के सरदार उससे निश्चय ही ईर्ष्या करेंगे। उसे अपने आप पर बड़ा गर्व हुआ। तभी उसने अपनी इस मानद संपत्ति का प्रचार करने के बारे में सोचा। उसने तुरंत आदेश दिया—

जाओ चुनो युवतियाँ / जो हो गांव भर में सबसे खूबसूरत
हर नागा घर जाकर बखानो ,
धनेश का रूप अति सुन्दर
दिखाओ जो नागा के हर घर में / पंछी का रूप सुंदर

सो गांव की दो सबसे सुंदर लड़कियाँ 'अचारोंगमांग' और 'चकसुंगनारो' को इस प्रचार के लिए चुना गया। उनके बालों को उस सुंदर धनेश पंछी के दोधारी पंखों से सजाया गया। सुंदर पंख लगने से उन बालाओं की सुंदरता को चार चांद लग गए। लड़कियाँ इस तरह सज-धज कर पास के गांवों की ओर चल पड़ीं। सबसे पहले वे 'मोपुंगचुकित' गांव पहुंची। उन दिनों गांव की सीमा का अतिक्रमण करनेवाले किसी अजनबी का तुरंत सिर काट लिये जाने की प्रथा प्रचलित थी। मोपुंगचुकित गांव के लोगों ने लड़कियों को पकड़ लिया। लड़कियों ने उन्हें अपने सरदार के आदेश और मंतव्य के बारे में बताया। तब जाकर कहीं उनकी जान बची।

चलते-चलते दोनों लड़कियाँ नोक्रांग गांव पहुंची। वहां के लोगों ने उनके सिर पर सजे दोधारी पंखों को तुरंत पहचान लिया। उन्होंने दोनों को तुरंत पकड़ लिया और सरदार के पास ले गए। सरदार ने पंखों को गौर से देखा, तो उसके दुख और क्रोध की कोई सीमा न रही। चीख़ते हुए उसने आदेश दिया—

'काट दो इनके हाथ-पांव
फिर काटो इनका सिर!'

पलक झपकते ही सरदार के आदेश का पालन किया गया और अभागन लड़कियों के सिर काट कर एक खंभे पर लटका दिए गए।

यह खबर जंगल की आग की तरह लोंगखुम पहुंची। अपनी बेटियों की इस तरह अमानवीय हत्या की कहानी सुन कर गांव भर में हाहाकार मच गया।

ग्रामीणों का मन प्रतिशोध की ज्वाला से धू-धू कर जल उठा। वीरों की चीत्कार और उनके भालों की टकराहट से गगन गूंज उठा। चुपचाप हाथ पर हाथ धर कर आंसू बहाना उनके पौरुष को स्वीकार्य नहीं था। लोंगखुम का सबसे नामवर वीर था पेंतुचेपचेप। असंख्य शत्रु-वीरों के सिर काटने का श्रेय उसके नाम था। इस भयंकर योद्धा का नाम सुनकर ही लोग कांप उठते थे। तीस वीर योद्धाओं का एक दल बना, जिसका नेतृत्व पेंतुचेपचेप को सौंपा गया। इन तीस वीरों ने मिलकर नोक्रांग के 'पंगजी' से बने घेरे पर हमला किया। लोंगखुम वासियों को आशा थी कि वे पेंतुचेपचेप के नेतृत्व में शीघ्र ही दुश्मनों की सुरक्षा को भेदकर, प्रतिशोध ले लेंगे, किन्तु क्रोध के अतिरेक में उन्होंने एक गलती कर दी।

इन वीरों का दल जैसे ही नोक्रांग के पंगजी के घेरे के भीतर घुसा कि उन पर भयंकर शिकारी कुत्ते झपट पड़े। कुत्तों के इस अनपेक्षित आक्रमण से योद्धा दल संभल नहीं पाया। वह उनसे बचने के उपक्रम में बिखर गया और भागते हुए 'त्सुरंग नदी' के तट पर जा पहुंचा।

नोक्रांग के वीरों ने अपने शिकारी कुत्तों के साथ उनका पीछा किया। पेंतुचेपचेप बचने का कोई और उपाय न देखकर अपने साथियों के साथ पास की एक गुफा में जा घुसा। दुर्भाग्य ने उसका यहां भी पीछा नहीं छोड़ा। इससे नोक्रांग के लोगों के लिए पेंतुचेपचेप को मारना और भी आसान हो गया। उन्होंने नुकीली बांस-बल्लियों को उस छोटी गुफा में घुसेड़ दिया।

दरअसल गुफा में छिपे पेंतुचेपचेप को अपनी भूल का जल्दी ही अहसास हो गया था। वह समझ गया था कि उसका अंतिम समय आ गया है। उन खूनी क्षणों में वह अपने साथी किशोर योद्धा 'तोषी' की ओर मुड़ा। तोषी एक कोने में पड़ा था। अपने लहू-लुहान पैर की हड्डियों को सहलाते हुए पेंतुचेपचेप ने तोषी से कहा–

"अपना सिर ऊंचा करो, बालक। सच्चे वीर की तरह तुम्हें, हर हालत में जीवित रहना है। तुम्हीं लोगे इस गुफा की घटना का बदला।" ऐसा कह पेंतुचेपचेप गुफा से बाहर की ओर दुश्मनों से भिड़ने आगे की ओर बढ़ गया। किंतु नुकीले बांसों ने उसे और उसके अन्य साथियों को अधिक अवसर नहीं दिया। केवल पीछे गुफा में रह गया तोषी ही जिंदा बच पाया था।

पेंतु चेपचेप की पत्नी इष्ट देवताओं को बलि चढ़ाकर पति की कुशलता की मन्नत मांग कर अपने घर लौट रही थी। तभी एक विचित्र-सी चिड़िया उसके सिर के ऊपर से चीख़ते हुए गुजर गई। पेंतुचेपचेप की पत्नी एक अनजानी

आशंका से सिहर उठी। उसने कान लगाकर सुना। चिड़िया कह रही थी– 'पेंतुचेपचेप मर गया...मर गया...मर गया!'

पेंतु चेपचेप की पत्नी अवसन्न हो गई।

नोक्रांगवासी सबको मारकर गुफा के अंदर घुसे। उन्होंने वहां तोषी को गुफा के एक कोने में दीवार से मेंढ़क की तरह चिपका पाया।

'मार डालो इसे।' कोई चीख़ा।

'इसे गांव ले चलो।' कोई दूसरा बोला।

आखिर उसे पकड़कर नोक्रांग के सरदार के सामने हाजिर किया गया। घूरती हुई असंख्य ठंडी आंखें उस पर केंद्रित थीं।

उत्तराधिकारी-विहीन नोक्रांग के सरदार के मन में उस किशोरवय वीर को देख एक विचार आया–

'बच्चा ही तो है यह / अपना लूंगा इसे मैं
यही बनेगा मेरे बुढ़ापे की मुस्कान!'

इस प्रकार नोक्रांग के सरदार ने उसे अपने पास रख लिया। तोषी जब पूरी तरह जवान हुआ, तो उस गबरू की सुंदरता के चर्चे हर औरत की जबान पर थे। जवान और बूढ़ी औरतें उसे प्यार करतीं और मर्द उसे देख ईर्ष्या से उदास हो जाते। लोग अपनी युवा पत्नियों को तोषी पर मोहित होते देख, अंदर ही अंदर तिलमिला उठते। वह उनका भावी सरदार तो था ही। क्रीड़ा, युद्ध और आखेट–हर क्षेत्र में वह अप्रतिम था। यह सब देख कर कई लोग उसके शत्रु बन गए। ऐसे पुरुषों ने मिलकर उसे मारने का षड्यंत्र रचा।

उन लोगों ने एक खेल-दिवस आयोजित किया और तोषी को भी उसमें भाग लेने को आमंत्रित किया। योजना यह थी कि खेल के दौरान ही सब मिलकर उसकी हत्या कर देंगे। पर खेल-दिवस के आयोजन से ठीक एक दिन पहले ही तोषी से सम्मोहित एक स्त्री ने चुपके से आकर तोषी को यह भेद बता दिया।

आयोजन नियत समय पर शुरू हुआ।

तोषी ने शुरू में ही ऐसी कूद-फांद मचाई, ऐसा युद्ध-नृत्य दिखाया कि लोग दंग रह गए। वह दूर से ही भीड़ की ओर दौड़ते हुए–हवा में कुलांचे भरता आता और रण-हुंकारें लगाता, शत्रुओं का साहस भेदता आगे बढ़ जाता! उसकी सुंदरता पर मोहित औरतें डरी-डरी और निराश सोच रहीं थीं कि आज उनका अर्द्ध-देव उनसे छिन न जाए। छठी बार तोषी के आगे बढ़ने पर उस पर हमला करके उसकी हत्या कर देने की योजना बनाई गई थी। इस बार तोषी छलांगें भरता शत्रुओं के व्यूह में फंसने से पहले ही वापस हो गया। इसी प्रकार वह दूसरी बार भी आगे

बढ़ा और अपने दुश्मनों को चकमा देता हुआ वापस आ गया। हर बार उसने अन्य वीरों पर अपनी श्रेष्ठता सिद्ध की। उसने दिखा दिया था कि वह उनसे कहीं अधिक पारंगत और वीर है। पर पांचवी बार जब वह आगे बढ़ा तो भीड़ में दर्शक बनी स्त्रियों की आंखों में उसने आंसू छलछलाते देखे। वह पवन की गति से आगे बढ़ा और इससे पहले कि नोक्रांग के वीर कोई प्रतिक्रिया कर पाते--वह जोर से कूदा और घेरे के बाहर हो गया। शत्रुओं की पकड़ से पार निकल कर उसने उन्हें ललकारते हुए कहा–

'मैं हूं तोषी लोंगखुम का, है तुम में यदि कोई मरद
कोई मरद दमदार तो ललकार है मेरी
वह आगे आए! –दो-दो हाथ करे मुझसे
मृत्यु-वरण तक!'

वहां उपस्थित कोई भी उसकी चुनौती स्वीकार करने का साहस नहीं जुटा पाया। तीव्र, चपल तोषी वहां से लोंगखुम की ओर निकल भागा।

लोंगखुम में उसे देख और उसके मुंह से पेंतुचेपचेप और उसके साथियों की अपने शत्रुओं के हाथों दर्दनाक मौत की कथा सुन, पुरुष क्रोध से फुफकार उठे और औरतें रोने लगीं। पूरे गांव में शोक छा गया। युद्ध में लड़ते हुए अपने शत्रु की हत्या से उन्हें शिकायत नहीं थी, पर गुफा में घेर कर कायर की तरह बांस-बल्लियों से गोद कर उनके वीरों को जिस तरह मारा गया था, उसे वे क्षमा करने को तैयार नहीं थे। उन्हें लगा कि यदि नोक्रांग का एक भी मर्द उनके हाथों बच जाता है, तो पीढ़ियों तक उनके माथे पर यह कलंक लगा रहेगा। वे इस कलंक को मिटाने के लिए एक और युद्ध लड़ने के लिए अपने भाले और हथियार पजाने में जुट गए। औरतें अपने मर्दों के लिए रोते-बिलखते भोजन बांधने लगीं।

मर्द तो मरने-मिटने का प्रण लिए युद्ध करते हैं। मांओं, पत्नियों और बच्चों के भाग्य में उनके बाद बस रोना ही बदा होता है।

आखिर तोषी युद्ध-दल का नेता चुना गया।

तोषी ने रणनीति तैयार की। वह पूरी तरह सुनिश्चित कर लेना चाहता था कि दुश्मनों के हाथों उनकी पराजय न हो–कि वे जीत कर अपना बदला चुका पाएँ। उसे पता था कि पिछले युद्ध में उनका उतावलापन ही उनकी हार का कारण बना था। उसने सबसे पहले शिकारी कुत्तों से निपटने की योजना बनाई। फिर नोक्रांग गांव के फाटकों का भेद अपने साथियों को बताया। उसे नोक्रांग गांव की कमजोरियों और मोरचे पर दुश्मनों से बच निकलने का रास्ता पता था। इस तरह से तैयार होकर वे युद्ध के लिए निकल पड़े।

रात हो जाने पर रास्ते में उन्होंने वारोमोंग गांव में पड़ाव डाला। उस गांव में अकांगला नामक एक विधवा रहती थी। उसके मन में उन योद्धाओं के प्रति बड़ी माया जग गई। उनसे मिलकर उस स्त्री ने एक योजना बनाई। उसने औरतों के बाल जमा किए और उन्हें चावल के गले हुए दानों में गूंथकर लड्डू बनाए। यह तय पाया कि आक्रमण के पहले चरण में बाल गुंथें गेंदों की शाल्क के लड्डुओं को उन शिकारी कुत्तों को खिला दिया जाए। उन्होंने रात भर ऐसे ढेर सारे लड्डू तैयार किए और हमले के लिए रवाना हो गए।

उनकी योजना सफल रही। भूखे शिकारी कुत्ते चावल के लड्डुओं को खाकर निष्क्रिय हो गए। हमले के समय लोंगखुम के वीरों का काम आसान हो गया। नोक्रांग के योद्धा अपने कुत्तों को इस तरह बेबस निष्क्रिय देख हिम्मत खो बैठे। तोषी के लोगों ने देखते-ही-देखते सारे नोक्रांगवासियों के सिर कलम कर दिए। खून से घर-आंगन रंग गए। प्रतिशोध की आग में नोक्रांग के एक-एक सदस्य को मार देने के उद्देश्य से उन्होंने गांव के हर गली-कूचे व झोंपड़ें में आग लगा दी। इस प्रकार लोंगखुम के वीरों के प्रतिशोध का प्रण पूरा हुआ।

उस पराजित नोक्रांग की कहानी, जिसका सरदार अपनी बेटी से इतना प्यार करता था कि उसे अपने से जुदा नहीं करना चाहता था, आज भी सब याद करते हैं। लोग उस दो धारियों वाले रंग-बिरंगे धनेश को भी याद करते हैं। लगता है जैसे नोक्रांग गांव का कण-कण अपनी दुखभरी कथा गा कर सुना रहा है!

IV. गीतों में वीर

बोड़ो गाथा गीतों में वीर पूजा

प्रस्तुति : मादाराम ब्रह्म
अनुवाद : अक़ील क़ैस

बीते दिनों के शौर्यपूर्ण कारनामों को देखें तो वीर-पूजा अपने पूर्वजों को पूजने का ही एक रूप है। पूजा की ऐसी प्रथा आदिवासी जनजातियों में आम तो है ही, संसार की सभ्यतम जातियों में भी इसका प्रचलन है। भारतीय आर्य समाज में महाकाव्य रामायण के भक्त वीर के रूप में हनुमान को आज भी पूजा जाता है।

वीर-पूजा बोड़ो (बोड़ो कचारी) गाथा-गीतों और लोकगीतों के कई मूल भावों में से एक रहा है।

बोड़ो (कचारी मैदानी क्षेत्र) लोकप्रिय त्योहारों यथा बोयसागू (यानी वंसतकालीन बिहू) और खेराय, जिसमें सर्वशक्तिमान बाथौब्राइ (शिव) तथा उनकी भार्या बाथौब्रि (कामाख्या/खामइया) तथा अन्य देवी-देवताओं रोनासोन्दि (युद्ध की देवी) तथा माइनावव्रि (भाग्य की देवी) की पूजा की जाती जिनमें प्रेम, देशभक्ति, हास-परिहास से ओत-प्रोत कई बोड़ो गीत तथा गाथा-गीत (Ballads) सुनने का अवसर मुझे मिला है। असम तथा उत्तरपूर्व के बोड़ो कचारी सामान्यता इन देवी तथा देवताओं की पूजा देहाती क्षेत्रों में करते हैं।

उल्लेखनीय है कि मानवशास्त्रीय दृष्टिकोण से बोड़ो या बोड़ो कचारी लोग मंगोलवंशी या किरात हैं। वे भारत-मंगोल या भारत-तिब्बती के रूप में भी जाने जाते हैं। भाषाविज्ञान की दृष्टि से बोड़ो भाषा चीनी-तिब्बती भाषा परिवार के तिब्बत-बर्मी शाखा की महत्त्वपूर्ण घटक है। कोकराझार के स्व. श्री मदाराम ब्रह्म द्वारा 1953 ई. में अंग्रेजी में अनुदित एक बोड़ो गाथा-गीत हिन्दी में प्रस्तुत है–

ओ वीर बसिराम!
सरपट दौड़ाओ अपना घोड़ा
भूटान सूबे का सरदार
बढ़ा आ रहा है यहां

ओ वीर बसिराम!
लगाम अपने घोड़े की खींचो कसकर
भूटान सूबे का सरदार
बढ़ा आ रहा है यहां
ओ वीर बसिराम :
फिसल गया है चाबुक
तुम्हारे हाथ से
भूटान सूबे का सरदार
आ रहा है यहां

बोड़ो भाषा में वीर के लिए 'जोहोलाव' शब्द प्रयुक्त होता है वीर बसिराम बोड़ो-भूटान युद्ध का पौराणिक चरित्र है।

प्रचलित मिथकों तथा अनुश्रुतियों के अनुसार बसिराम ने दाओहराम (Daoharam) नामक एक अन्य वीर को साथ लेकर अपनी सेना के साथ भूटियों से युद्ध किया था। इन वीरों ने इस युद्ध में अंततः बोड़ो लोगों के लिए अपने प्राणों की आहूति दी थी। उपरोक्त गाथा-गीत उनके शौर्यपूर्ण कृत्यों तथा देशभक्तिपूर्ण उत्साह से ओत-प्रोत है।

ऐसा ही एक अन्य गाथा-गीत कोकराझार निवासी स्व.रूपनाथ ब्रह्म जो कभी असम सरकार में मंत्री भी थे, ने भी लिखा है। यह गीत बोड़ो-भूटिया युद्ध का और भी अधिक स्पष्ट तथा सजीव चित्र खींचता है। देखें—

आओ! ओ बोड़ो संतानो!
आओ, चलो
युद्ध के लिए जो है जारी
ले लो अपनी ढाल और तलवार
और भर लो मन में साहस
खदेड़ें शत्रुओं को हम

ओ वीर बसिराम, हमारे ज्येष्ठ
तुम आगे बढ़ो अपने घोड़े पर
तुम्हें भगाना होगा शत्रुओं को
चाबुक लगा आगे बढ़ाओ अपना घोड़ा
देखो, तुम्हारे दुश्मन
चले आ रहे हैं यहां

शोर मचाते हुए
पर्वत कन्दराओं में
युद्ध होने दो
शत्रुओं को चढ़ने दो मृत्यु की भेंट
और हम बोड़ो लोग विजयी हों अवश्य
शत्रुओं से न होना भीत
ओ हमारे बड़े! वीर बसिराम!

तुम हो वीर-पुत्र
तुम्हें हर कीमत पर होना है विजयी
ओ हमारे बुजुर्ग वीर दावहाराम!
तुम भी उठा लो अपनी तलवार
और हो जाओ हाथी पर सवार
दुश्मन से भिड़ने हेतु
उन्हें रास्ते में ही दो रोक

इसी विषय पर श्रीमती मोहिनी (बसुमातारी) राभा के एक गीत-गाथा, जो स्व. भबेन्द्र नारजि द्वारा संपादित बोड़ो कचारिर जनसाहित्य (1957) में शामिल किया गया था, का हिन्दी अनुवाद नीचे प्रस्तुत है–

बोटी-बोटी कर डालो उन्हें
भोंक दो अपने भाले उनमें
ओ हमारे ज्येष्ठ भ्राता बसिराम!
दमक रहा है तुम्हारा चेहरा सूरज सा
दौड़ाओ अपने घोड़े को तेज
लगाओ उसे सोंटा
सोंटा जो हो खरीदा गया ताजा-ताजा
वेणु-कुंज से
तीव्र गति से जाओ रण में
जो जारी है पहाड़ी के शिखर पर
बोटी-बोटी कर डालो उन्हें
घुसेड़ दो अपनी बर्छी उनमें
ओ हमारे बड़े बसिराम!

सूर्य से प्रकाशमान मुखमंडल वाले
पहाड़ी के शीर्ष पर जारी युद्ध की ओर
जिन वीरों ने नहीं किया था कूच अब तक
वे सभी चल पड़ेंगे अब
जो नहीं मरे
भूटियों के विरुद्ध युद्ध में
करेंगे अब मृत्यु का वरण

इन गीतों से स्पष्ट है कि बोड़ो जनों द्वारा युद्ध में अस्त्र-शस्त्र के रूप में मुख्यतः तलवार, ढाल, भाले, तीर आदि इस्तेमाल किये जाते थे। युद्ध घोड़े और हांथी पर सवार होकर लड़े जाते थे।

'प्रेम' के विषय पर केन्द्रित एक बोड़ो लोकगीत में गांस्रि नामक एक प्रेमिका का चरित्र है जो अपने प्रेमी 'फरबास' को जोहोलाव कहकर पुकारती है। गीतों में सामान्यतः प्रेमी को ज्येष्ठ भाई या बड़े (अदा) कहकर तथा प्रेमिका को छोटी बहन या छोटी (आगै) कहकर संबोधित किया गया है।

जब जाओ तुम जलावन काटने
पहाड़ियों की तली में
मेरे लिए लाना सुखाई हुई मछली और मांस
ओ मेरे वीर फरबासु, मेरे बड़े

बोड़ो लोकगीतों और गाथा-गीतों में समाज कमोबेश एक संगठित ग्राम्य व्यवस्था के रूप में प्रकट होता है जिसमें पुरुष तथा नारी दोनों को समान अवसर तथा स्वतंत्रता प्राप्त है। फसल की कटाई तथा मछली पकड़ने के काम में नर तथा नारी समान रूप से हाथ बंटाते हैं। गाने और नृत्य में नर-नारी मिलकर हिस्सा लेते हैं। खेराय त्योहार में युद्ध की देवी रनसोन्दि और वीरों की प्रशंसा से जुड़े कई नृत्य विशेष प्रकार के वादय यंत्र यथा बांसुरी (सिफु) ढोल (खाम) वायलिन (सेरजा) आदि से रचे संगीत-वातावरण में प्रस्तुत किए जाते है।

गाथा-गीत तथा लोकगीत बोड़ो साहित्य के अभिन्न अंग हैं और वीर-पूजा इनका मूलभाव है। इस तथ्य की पुष्टि लोक साहित्य की दूसरी सामग्रियों जैसे कि कहानियों, अनुश्रुतियों, विश्वासों तथा अन्य मौखिक परंपराओं से होती है।

(18-20 नवंबर 1991 को गुआहाटी विश्वविद्यालय के लोक साहित्य विभाग में लोक साहित्य की शिक्षा प्रक्रिया की सहायक सामग्रियों पर केन्द्रित कार्यशाला में प्रस्तुत)

असम-बोड़ो

बचीराम

प्रस्तुति : मोहिनी मोहन ब्रह्म
अनुवाद : रमणिका गुप्ता

शुभकामनाएँ

दौड़ाओ तुम तेज, अपना घोड़ा बचीराम
वीर नायक हो तुम
भूटिया सैनिक बढ़े आ रहे इधर
कसो लगाम और लगाओ एड़
दौड़ाओ तुम तेज अपना घोड़ा बचीराम
देखो, आ पहुंचे हैं वे!
आओ, बोड़ो-पुत्र
बाहर निकलो, खड्ग-ढाल ले हाथों में
चलो चलें, ध्वस्त करें दुश्मन को
भाई बचीराम, आगे बढ़ो
करो पीछा दुश्मन का
देखो, आ रहा वह पूरे दल-बल से
छिड़ने दो रण गुफाओं में
मारो शत्रु-सैनिक
हम बोड़ो ही जीतेंगे यह खेल
डरना नहीं बचीराम,
तुम डरना नहीं
तुम्हारी रगों में बहता है वीरों का खून
जीत तुम्हारी ही होगी,
निश्चित है यह

और तुम! भाई दाओ! पड़ो टूट
जाओ! चढ़ो अपने! हाथियों पर
हाथ में लो खड्ग! रोको दुश्मनों को बीच रास्ते
ओ प्यारे बचीराम
हो जाओ सवार जीन पर,
फंसाकर पैर रकाब में
घोड़े को लगाओ एड़
बढ़ो रणभूमि की ओर
भूटियों से छिड़ चुकी है जंग
मरने दो भूटियों को
न करो तनिक भी चिन्ता
घोड़े की पीठ पर होकर सवार
सर कर लो पहाड़ी!

(बची राम : बोड़ो दंत कथाओं में वर्णित सर्वाधिक ख्याति प्राप्त बोड़ो वीर नायक)